Franziska König

Was man im Himmel nicht brauchen kann

Erinnerungen

*Zum Gedenken an meinen viel zu früh verstorbenen
lieben Vetter Gerhard
(1978 – 2021)*

TWENTYSIX – Der Self-Publishing-Verlag
Eine Kooperation zwischen der Verlagsgruppe Random House und
BoD – Books on Demand
© April 2021 von Franziska König
Titelbild: Fotografie und Idee von Iwan König
Covergestaltung und Zuschnitt: Franziska König in Zusammenarbeit mit
Andreas Rothfuß, Blankenfelde
Herstellung und Verlag: BoD –Books on Demand Norderstedt
ISBN: 9783740782047

Franziska (Kika) mit ihrer Violine – fotografiert von ihrer lieben Freundin Ute Bott aus Rottweil.

„Wenn ich dereinst verstorben bin, so schweigt auch meine Violine!" sagt sie.

Und drum bringt Franziska alle vier Wochen ein schlankes bis vollschlankes Taschenbuch heraus.

Erzählt werden Geschichten aus ihrem Leben, die von erhöhtem Interesse sein dürften.

Jeden vierten Dienstag um 18.05 wird das fertige Manuskript in die Umlaufbahn entsandt.

Die meisten Vorkömmlinge finden sich im
Personenverzeichnis
Hier die engste Familie vorweg:

Opa, (*1909) Opa mütterlicherseits in Österreich
Oma Ella, (*1913) Omi väterlicherseits in Hessen
Buz (Wolfram), mein Papa (*1938) Professor für
Violine an der Musikhochschule in Trossingen
Rehlein (Erika), meine Mutter (*1939)
Ming (Iwan), mein Bruder (*1964)

Orte der Handlung:
Ofenbach, unscheinbares Dorf in Niederösterreich
Grebenstein, bezaubernde Kleinstadt in
Nordhessen
Aurich, Hauptstadt von Ostfriesland

April 2002

Montag, 1. April
Aurich

Dunstig

Von Dunkelheit umhüllt und zu einer schwindenden Erinnerung verunschärft trat Buz die lange Reise nach Taiwan an. Er entwand sich meinen Blicken am Fenster, stieg in seine Limousine, und fuhr in die weite Welt hinaus.

Am Abend zuvor hatte ich das taiwanesische Hilfsrädchen-Alphabeth* in ein Schulheft hineingeschrieben, und einen Lehrer mit erhobenem Zeigefinger dazu gezeichnet. So wie sich ein guter Muslim fünfmal täglich zum Gebet aufzuraffen hat, müsse Buz nun fünf Buchstaben pro Tag lernen.

*Ein Alphabet für Kinder, das neben den komplizierten chinesischen Zeichen angebracht, ein frühzeitiges Lesevergnügen ermöglichen soll

„Hurra, ich kann´s!" hatte ich mit frohem Blick auf das kleine Wissenssäckchen, das Buz sich bis dahin ins Hirn geschaufelt haben müsste, jubilierend unter den letzten Buchstaben geschrieben.

Buz hatte das Heft in seine Reisetasche geschoben, wirkte zu meinen Erläuterungen und Ermahnungen jedoch fahrig und einkanalig, da es für einen fast 64-jährigen Herrn ein nervös stimmendes Abenteuer sein dürfte, eine so weite Reise anzutreten.

*****

Fahrt zu einer Probe mit anschließendem Gottesdienst in der ostfriesischen Kreisstadt Norden:

Neben den Fahrer, einen stillen, bleichen Herrn, setzte sich ein quirliger Herr, dessen Hinterkopf sich nun vor meine Blicke schob. Sein verbliebener Frisurensaum verwandelte sich in ein Osternest, aus dem sein Haupt nach Art eines blankpolierten Ostereies in die Höhe ragte.

Alsbald begann er von seinem gestern verlebten Ostertag zu erzählen. Er wurde übermütig und lustig und sagte Dinge wie: „Wir besuchten die Schwiegereltern meiner Frau!"

Dazu lachte er schelmisch, um den gut verpackten kleinen Spaß, der womöglich unbemerkt geblieben war, im Nachhinein etwas besser in Szene zu setzen, und fuhr mit der Geschichte fort, indem er bildhaft schilderte, wie man Würstel gegessen und abends Wein getrunken habe. Gebannt heftete ich meine Ohren an die plastische Erzählung, und sah es nicht nur vor mir - ich *schmeckte* das senfverzierte knackige Würstl, und labte mich am edlen Weine, der mir alsbald zu Kopfe stieg.

Vor der Kirche wünschten wir Musikanten einander in gewärmten Worten schöne Ostern, und Konzertmeisterin Frauke F. busselte mich und duftete so schön nach Puder, daß ich ihr einen Platz in meinem Herzen einräumte.

Der romantische Pfarrer B., der nebenher auch als Geiger im Ostfriesischen Kammerorchester tätig ist, bot mir das „Du" an.

„Ich heiße Henning!" stellte er sich feierlich vor, und ich lachte warmherzig und sagte wie alle Tage verbindend: „Dann sind wir jetzt per Du!"

Bald schon wurde losgeprobt.

Rolf Fischer, jener etwas verschlagen aussehende Flötist, der immer so versunken und verträumt ganz für sich alleine bläst, war viel zu spät zur Probe erschienen, und Kantor Thiemo J. hätte gern eine Entschuldigung gehört, weil er der Meinung ist, daß einem Kantoren mehr Respekt entgegengebracht werden sollte.

„Guten Morgen!" sagte er freundlich, so doch nicht ohne Unterton, „haben Sie den Weg nicht gefunden?"

„Doch", sagte Rolf Fischer schlicht und ging nicht weiter auf diesen angebotenen Rechtfertigungswink ein.

Wenig später sagte der Kantor vorwurfsvoll zu einer Chordame, die sich verspätet hatte: „Wo kommst du jetzt her??"

„Aus dem Bett!"

„Na, herzlichen Glückwunsch!" sagte der gebürtige Schwabe in verhaltener Sauertöpfischkeit.

(Dies allerdings war seine Frau, mit der man sich ja zuweilen eine lose Zunge erlauben darf?)

Unglaublich, wie viel Zeit dieser seltsame Gottesdienst hinwegfraß:
Von elf Uhr bis viertel nach zwölf saßen wir einfach nur so herum.

Ich schaute auf einen geigenden Herrn in seinen geschnürten Entenschuhen und überlegte, wie er wohl direkt nach seiner Geburt ausgesehen haben mag?

Pfarrer Heino D., ein leicht übergewichtiger Herr mit gelbem Haar, der immer so gekonnt „Die Stimme des kleinen Mannes" einzufangen versteht, hielt die Predigt und stand dazu pilzförmig unter dem Kanzeldach, das ihm abzugshaubenartig die Frisur zu überstülpen schien.

„Der große Knüller kam ja erst – die Auferstehung!" hörte man ihn volksnah predigen.

Ich vertrieb mir die Zeit damit, an Buz über den Wolken zu denken.

In der Pause begrüßte ich den milden Konzertmeisterinnengatten Herrn F., dessen Gedächtnis tatsächlich eine Laufmasche bekommen zu haben scheint? Er frug: „Woher kennen wir uns?"

„Ich bin doch die Franziska. Hab ich mich so verändert?"

Jemand berichtete mir, daß der Vater einer Dame aus dem Chor, ein emeritierter Professor aus Detmold, der sich interessiert meine CD angehört habe, sich gerne mit mir über die Bachsche Aufführungspraxis zoffen würde…es sei ein Hobby

von ihm, herumzurechten, Gegengeschosse aufzufahren und rumzuargumentieren.
Da ich jedoch stets <u>dem</u> glaube, der zuletzt spricht, bin ich zum Diskutieren eher ungeeignet.

Dienstag, 2. April

Warm und frühlingshaft

Im Gemüseeck bei Combi sah ich Frau Hannelore Wader schimmern.

Frau Wader, eine gepflegte 54-jährige Dame mit gebleicht wirkender gebauschter Rundkopffrisur gab mir gar ein Bussi, doch unter der Oberfläche ihrer Nettigkeit glaubte ich zu erfühlen, daß sie sich unbefriedigt und vielleicht sogar ein bißchen verdrossen fühlte.

Dies bemerkte ich daran, daß sie über den Paris-Aufenthalt, der sich nun prächtig als Konversationseinfädelung nutzen ließ, fast schroff sagte:

„Zu kurz!"

Das ewig kränkelnde Fräulein Tochter hatte es mal wieder für nötig erachtet, ausgerechnet da von einer Kehlkopfentzündung heimgesucht zu werden.

Was die Waders mit ihrer Tochter schon durchgemacht haben – einfach unerträglich!

Keine Krankheit, die die knapp 24-jährige, moralisch unbeugsame und äußert strenge, fast furchteinflößende und an die Gräfin Dönhoff erinnernde junge Frau nicht schon befallen hätte...

Zunächst empfand ich unsere Konversation als quälend zugeknöpft und banal – doch dann schilderte ich plastisch, wie Buz in tiefster Nacht nach Taiwan aufgebrochen war:

Zuerst entwand er sich meinen Blicken und dann der ganzen Stadt Aurich, und jetzt weiß man nicht was aus ihm geworden ist, benützte ich Versatzstücke aus meinem eigenen Tagebuch.

Nun hatten wir uns warmgeplaudert!

„Wir <u>müssen</u> uns mal wieder länger sehen!" rief ich aus, denn was soll man zwischen all dem Gemüse schon anderes sagen?

„Im Mai bin ich wieder da. Da sehen wir uns dann wieder!"

„Da sind *wir* aber wiederum in Österreich!"

Das Leben führt Regie, und am Ende sieht man sich vielleicht nie wieder?

Direkt neben dem Kochlöffel-Grill hatte ich eine Begegnung der dritten Art ←(hahaha, ein Passus wie aus dem Tagebuch eines humorvollen jungen Mädchens): Ein Dreigenerationengespann, bestehend aus drei Damen: Edelgart, Roswitha und Laura S. (Letztere ofenfrisch im Kinderwagen)

„Darf ich´s anschauen?" frug ich Omi Edelgart, und die zum Witzeln neigende Dame meinte auf ihre schlagfertige Art:

„Es ist zur Besichtigung freigegeben!"

Ich betrachtete das appetitliche, ofenfrische Bündel und nahm das liebliche Bildnis mit in den Schreibwarenshop und zu Brillen Fielmann.

Nachtrag:
Etwa ein halbes Jahr später im Alter von nur sieben Monaten vorzeitig verstorben.
(Vermutlich ermordet)

Die plonnerhafte und leicht schwangerschaftsverbeulte Roswitha in ihrer sommerlichen Latzhose und dem Zwicker auf der Nase, ging mir die ganze Zeit nicht mehr so recht aus dem Sinn.

Sogar beim Üben später mußte ich über sie nachdenken und sandte meine Gedanken mitten in ihr Leben, über das ich ja auf Vermutungen angewiesen bin:

Vor meinem geistigen Auge *tauchte ein Sonnenschirm auf einem gemähten grünen Rasen auf. Drumherum eine dröge stimmende Neureichenatmosphäre. Dort lebt sie mit ihrer kleinen Familie – doch die Atmosphäre ist eher unheilvoll.*

Mittwoch, 3. April
Aurich - Grebenstein

Schön und sommerlich

War es Buzens Stringenz in mir, die mich vorwärts peitschte? Man hat geplant, nach Grebenstein zu fahren und möchte nun rasch wie der Wind dort hingelangen.

Besser wäre es natürlich gewesen, ich hätte bereits gestern alles gepackt, und wäre um vier Uhr morgens losgefahren, um meine Omi zum Frühstück zu überraschen.

In einer Raststätte erlebte ich eine Überraschung:
Als Klogangsuntermalungsmusik lief das vierte Klavierkonzert von Beethoven, und am liebsten hätte ich den Klotaliban gefragt:
„Stammt dieser Hit von Ihnen?? …oder haben Sie eine Ahnung wer diese Nummer komponiert hat? Das klingt echt gut. So etwas sollten Sie öfters senden. Ein Riesenkompliment an die Klogangsintendanz!"

In Grebenstein:
Die Omi nimmt jetzt ein Wundermittel namens „Aloe Vera", das dem Altern entgegenwirken soll.

Der Onkel Eberhard hatte uns auf rührendste Weise ein Gulaschsüppchen vorgekocht, und ich liebte ihn unglaublich dafür.

Wir schauten „Zwei bei Kalwass":
Ein junger Mann hatte seine Freundin vor den Psychokadi geschleift, da er es ihr nie recht machen konnte.
Ständig war sie unzufrieden, und meckerte nach Art einer Ziege von früh bis spät.
Frau Kalwass bewunderte den Langmut des jungen Mannes, denn als er vorschlug ein paar Tage nach Lissabon zu fahren, verdüsterte sich das Gesicht der ewig Unzufriedenen auch augenblicklich.

„Lissabon??!" sagte sie nach Art vom bösen Uschilein (Eberhards Exe) bedrohlich. „Kannst du mir mal verraten, was ich in Lissabon soll?"

Frau Kalwass erriet schon richtig, daß der junge Mann praktisch machen könne, was er wolle: Seine Freundin würde nie zufrieden sein.

Die beliebte Psychologin schlug dem jungen Herrn vor, sich aufrecht vor seiner Freundin aufzubauen, sie anzufassen, ihr in die Augen zu blicken und genau DAS zu sagen, was er wirklich denkt, und selbst wir Zuschauer fühlten ein bißchen eine Unruhe solcherart, als wolle man beispielsweise an der Tür zum Rektoramt pochen, um sich dem Unmut des Direktors auszusetzen.

Frau Kalwass riet, das Spielchen, immer den Milden, Nachgiebigen zu spielen, zu durchbrechen.

Dies jedoch war gar nicht so einfach, da die Zankeslüsterne von ihrer Zankeslüsternheit nicht weichen wollte, und sich in der Rolle der Geifersüchtigen zu gefallen schien?

Auf dieser verdrießlichen Geschichte fußend, erzählte die Omi, wie der arme Onkel Eberhard einst in die Fänge vom bösen Uschilein geriet.

(„Das böse Uschilein"←Ein Buchtitel, der mir in naher Zukunft auch noch vorschwebt.)

Der Onkel war immer so fleißig und gab sich die größte Mühe, seine Ehe in ein Schmuckstück zu verwandeln. Er kochte, putzte und bügelte, und hörte zum Dank doch nur Sätze wie: „Daaas soll gebüüügelt sein??!" grämlich, zänkisch und unzufrieden eingefärbt.

Da liebte ich den Onkel unglaublich, und weinte fast.

Donnerstag, 4. April

Schön sonnig. Nur Mittags kurz ein weißer Überzug

Geschlagene 56 Minuten dauerte das Aufstehzeremoniell mit der Omi, und hernach mußte sie 21 mal um den Tisch wackeln, denn so wünscht es der Onkel Hartmut, der seine Mutti, so wie ich die Meine, über alles liebt und ohne sie nicht weiterleben könnte…
Um mich von anderen, in ihren Augen überflüssigen Tätigkeiten abzuhalten, scheuchte mich die Omi beständig herum. Ich verwandelte mich in ein törichtes Hausmädchen, dem man etwas Dampf unter dem Po schüren mußte.

Schließlich saßen wir in senioriler Endzeitsuntätigkeit gefangen nebeneinander, und auch als meine beiden Brötchen viel zu rasch hinweggegessen waren, blieb ich in Omis Aura sitzen, und versuchte das verdörrte Bündel zu unterhalten.

Mich freut es immer, wenn durch ein Stichwort ein Erzähldoc in mir angeklickt wird: In diesem Fall war es jedoch kein Stich*wort*, sondern ein Stich*name*, der einst auch in Omi Mobbl zu brodeln pflegte: „Die Dame Gerswind", Mings Exe, und ich berichtete farbig und plastisch, daß die Gerswind zur Zeit ein drittes Kind ausbrütet, um das große Haus mit Leben zu füllen, da ihre Töchter Daaje und

Gesine bereits in jenem Alter angelangt sind, wo sie sich allmählich unabhängig zu machen suchen.

Und mit ein bißchen Glück wird's diesmal ein Junge – etwas, was sich der Opa Bodo doch so sehnlich wünscht: Einen En<u>k</u>el!

Nach dem Frühstück wollte ich Briefe schreiben, doch die Oma versuchte es mir auszureden, und mich dazu zu animieren, erst einmal die Stube gescheit in Ordnung zu bringen.

Ich nahm meinen ganzen Mut zusammen, und frug die Omi, ob ich „Vera" schauen dürfe? Ja, ich durfte, - und am ehesten, so dachte ich, lassen sich diese Tage hier, die gar keine sind, wohl doch mit den SAT1-Krawallo-Sendungen herumbringen?

Zuerst kam der Fall der 46-jährigen grenzdebilen „Petra", die den Bruder ihres Freundes „Fred" liebte. Der Fred konnte ihre Liebe allerdings nicht erwidern, da er selber im Juni 2000 die Liebe seines Lebens gefunden hatte: Die 22-jährige Melanie.

Drum begann die Petra die Melanie auf's Übelste zu bepöbeln. Sie bezichtete sie einfach, wilde Sexorgien veranstaltet zu haben, und sagte über und über hocherbost: „Eine von der Straße!" so daß die Vera als Moderatorin nach einiger Zeit echt sauer wurde. Etwas, das sie sogar ungeschminkt vor millionen Zuschauern zugab: „Ich bin jetzt echt sauer!"

Zur Mittagszeit telefonierte ich mit einem gewissen „Herrn Schrumpf" in Kassel, der das Wundermittel „Aloe Vera" vertreibt, in das die Omi ihre ganze Hoffnung gesetzt hat. Die eine Flasche im Kühlschrank ist fast leer, und die Omi legt so viel Wert darauf, die Einnahme nahtlos weiterzuführen.

Als ich dem Wundermittel hinterhertelefonierte, fiel mir das Telefonbuch so schmerzhaft auf den Zeh, daß ich am liebsten in lautes Wehklagen ausgebrochen wäre.

Grad wie die Vera auf die Petra war ich so sauer auf den Pfarrer Fliege, weil ich wegen seinem Wundermittel, das wahrscheinlich ein Riesenbetrug ist, extra nach Kassel fahren sollte.

Einen großen Bammel verspürte ich auch davor, Frau Wyss anzurufen, um womöglich zu erfahren, daß es mit ihrer Krankheit übel aussähe?

Das Telefon war sehr lange besetzt, und ich empfand's jedesmal als Gnadenaufschub vor der Wahrheit.

(Später hat's dann gottlob geheißen, die Wyss'sche Gesundheit habe sich leicht verbessert.)

Freitag, 5. April

Schön sonnig – aber etwas frisch

Gerda Olthoff – seit heute 60 Jahre alt!
Falsch! Gerda „Uszkureitis" muß es ja jetzt heißen.
Eine „Gerda Olthoff" gibt es nicht mehr.

*Mings ehemalige uneheliche Schwiegermutter, die ihren Mann verließ, um einen baltischen Nachbarn zu heiraten, der ihr deutlich interessanter schien als ihr Bodo?

Zu Tagesbeginn war die Omi (leider auch geistig) schrecklich moribund, solcherart als müsse sie erst aufgetaut werden.

Ich stellte mir vor, wie es wohl wäre, *wenn die Omi genau heut vor zehn Jahren am 5.4.1992 im semigesegneten Alter von nur 79 Jahren gestorben wäre* – bloß, daß man jetzt sehen konnte, wie sie denn heut aussähe, wenn sie nicht gestorben wäre.

Das eine Bein von der Omi war ganz starr und krumm, als ich sie aufsetzen wollte.

Die Omi sagt ständig: „Warte mal! Warte mal!" und alles ist so sperrig.

Einmal entzündete ich in der guten Stube ein Teelicht, und wenig später stand im Zimmer eine schlanke Rauchsäule.

Das Teelicht war ausgegangen, und die geheimnisvolle Rauchsäule wirkte auf mich wie der Geist eines Verstorbenen.

Ich dachte noch: „Warum muß jetzt ausgerechnet *dieses* Licht verlöschen?"

Nach zwei Tagen, und nachdem sich die Fröhe über mich in Gewohnheit verwandelt hatte, war die Omi in einen seniorilen Stumpf- und Trübsinn verfallen. Zum Geplärre des Televisors saß sie mit geschlossenen Augen im Rollstuhl, und bewegte sich wie eine verdörrte Pflanze, die von einem lauen Wind bepustet wird.

Einmal entrüstete sie sich jedoch fast temperamentvoll um das Getue, das um die verstorbene Queen Mum gemacht wird: Den ganzen Vormittag lang lief eine Sendung über das Unfaßbare:

Den Heimgang der alten Dame mit dem malerischen Hut nach sooooo langer Zeit auf Erden.

So schalteten wir um, und schauten die Hessenschau an.

Gesendet wurde eine Reportage über ältere Häftlinge. Ein Häftling war bereits 65 Jahre alt, und muß noch 6 Jahre abstottern. Man sah ihn bei der Gartenarbeit, und die Zimmer für die Senioren unter den Kriminellen sind alle hell und freundlich, und werden *nicht* abgeschlossen.

Man schenkt ihnen das Vertrauen, das sie verdienen, wie die Statistik beweist, denn noch kein einziger Ü60-jähriger sei bislang getürmt.

Man bemüht sich, die Senioren artgerecht zu halten, und wenn man´s recht bedenkt, tun die im Gefängnis im Grunde auch nichts anderes, als das was sie daheim auch gemacht hätten.

Bloß, daß sie im wahren Leben einkaufen und kochen müßten – zwei Arbeiten, die ihnen hier erspart werden, und das Essen im Gefängnis sei in jeder Hinsicht OK, erfuhren wir. (Drei Mahlzeiten pro Tag, und an Weihnachten, Ostern, Sonntagen, Geburtstagen u.a. gibt´s Nachmittags Kaffee und Kuchen)←wenn auch leider meist nur mittelmäßigen Aldi-Stollen oder eine Prinzenrolle.

Danach schrieb ich in Omis Aura auf dem Sofa sitzend zwei Briefe: Verspätete Geburtstagsbriefe an Herrn Vitzthum und den kleinen Matthias.

Autobiografisch schimmerte, natürlich humorvoll verpackt, meine Furcht durch, ich könne jetzt zwölf Jahre hier kleben bleiben müssen.

Ich schilderte, wenn auch überzogen, meinen Tagesablauf:

Manches stimmte, manches nicht und manches nur bedingt:

Die Omi würde so laut schnarchen (stimmt ein kleines bißchen), würde ganz früh morgens das Radio einschalten, so daß man sich gezwungenermaßen erheben muß – und das sperrige Aufsteh- und Aufsattelungszeremoniell dauere 56 Minuten. (Stimmt ganz genau). Und jener Moment, kurz bevor man in sein Hochglanznutella-Brötchen beißt, sei so unerhört kostbar! (Das stimmte wiederum nicht, da ich mir das Nutella-Brötchen nur ausgemalt hab. In Wirklichkeit gibt's bislang nur Honig und Marmelade.)

Ich kochte uns ein köstliches Nasi-Goreng.

Leider schaltete die Omi zum Mittagessen die „Vera" ab, so daß man dieses Genußes beraubt dasitzen und löffeln mußte.

Erst als ich die Omi ins Bett gebracht hatte, konnte ich meine Sendung „Zwei bei Kalwass" genießen:

Heute hatte eine Mutti ihre widerborstige Tochter vor den Psychokadi geschleift, da das unreife, dumme Ding unbedingt Moddl von Beruf werden wollte.

Die Tochter sagte: „Ich <u>werde</u> Moddl!" und die Mutter sagte genau so unumstößlich: „Kommt nicht in die Tüte!"

Die Mutter war häßlich, und die Tochter war es ebenso, wenn auch mit gepirctem Bauchnabel verziert.

Ich würd ja lachen, wenn das tatsächlich mal ein weltberühmtes Moddl werden sollte.

Samstag, 6. April

Intensiv sonnig aber etwas kühl

Dadurch, daß der Bettbrung gestern Abend so nett war, wirkte die Omi viel frischer und fröher, als sie sich am Morgen anschickte, die mühsame Aufsattelung für den schönen Frühlingstag auf sich zu nehmen, zumal man es auch als alter Mensch spürt, ob man gern gepflegt wird, oder ob man der Schwiegertochter oder Enkelin nur mehr eine Last ist?

Bei Tisch meinte ich, daß ich wahrscheinlich eine schrecklich komplizierte Ehefrau würde.
„Das glaube ich auch!" sagte die Omi, und diese Äußerung gefiel mir, weil sie stimmt.

In der Zeitung konnte man lesen, daß der eine Geiselgangster von Wrestedt erst vor vier Monaten geheiratet hat.

Ich fand es so überaus amüsierlich, daß man heiratet und bald darauf versucht, ein krummes Ding zu drehen, weil mich dieser Unternehmensgeist in variierter Form leicht an Buz erinnerte.

Ich knisterte mit der Zeitung herum.

Eine Überschrift war „Dieter & Verona" gewidmet.

„Der Bohlen taugt nichts, und das Mädchen auch nicht", sagte die Omi altersarrogant.

Am Nachmittag rang die Omi ihre gute Fee, die Frau Wyss an.

Bang wollte die Omi sich vergewissern, ob Frau Wyss nach der überstandenen Gallenoperation wohl noch für sie da sein würde, da sie *keinen* Bock verspürte, zum Onkel Hartmut nach Potsdam zu ziehen, und sich dort von einem unbekannten Altenpfleger umsorgen zu lassen, während der Onkel tagsüber auf der Arbeit wäre, und abends in der Oper säße.

Außerdem muß man natürlich davon ausgehen, daß dies der Onkel gestern nur aus einer sentimentalen Laune heraus angeboten hatte, weil er vielleicht ein paar Biere gekippt hat?

Über und über hörte man die Omi nun durch den Hörer sagen, wie froh sie sei, und die Freudengesänge schienen kein Ende mehr nehmen zu wollen, weil sie als langjährige Rentnerin vergessen hatte, daß andere in zwickendem Zeitkorsette zu stecken pflegen.

Sie dürfe den lieben Gott nun um nichts mehr bitten, weil er ihr schon so viel geschenkt habe, und doch hatte der liebe Gott noch eine weitere Freude für das kleine Großmütterchen parat: Wir erfuhren, daß eine „Frau Balling" in Grebenstein ebenfalls die „Long-laif-prodakschns" von Aloe vertreibt, weswegen ich doch vorgestern fast nach Kassel gefahren wäre.

(Damals war der Navigator noch nicht erfunden, so daß eine Reise zu einer unbekannten Adresse in der Großstadt eine Qual war)

Die zirka 33-jährige Frau Balling verspürte das regelrechte <u>Bedürfnis</u> mich zur Türe zu begleiten, und mir noch einige Freundlichkeiten mit auf den Weg zu geben, weil sie mir so dankbar war, daß ich ihr etwas abgekauft hatte.

Ihr zehnjähriger, leicht übergewichtiger Sohn Max sagte auf Art eines losen hessischen Biertischtypen: „Empfehlense uns weiter!"

„Ich erzähle reihum, daß die Queen Mum dieses Mittel immer genommen habe!" versprach ich feierlich, „doch als der Vertreiber 14 Tage lang auf der Messe in Luxembourg war, und sie nicht mehr beliefern konnte, ist sie gestorben, und zerfiel auch augenblicklich zu Staub."

Abends versuchten wir Rehlein in Ofenbach zur Rubinenen Hochzeit zu gratulieren, und die süße

Omi sagte zu dem Computerfräulein, das immer sagt: „Nur acht Cent pro Minute!" „Biddö??"

Leider war Rehlein nicht daheim. Die nächste runde Hochzeit, zu der man gratulieren könnte, wäre somit die Goldene am 6. 4. 2012 und vielleicht gibt´s ja auch dann ein Glückwunschtelefonat vom mittlerweile 99-jährigen Ömchen?

Sonntag, 7. April
Grebenstein – Wörth an der Donau

Wunderschön

Leider war uns das Klopapier ausgegangen. Eine Kleinigkeit zwar, doch die Omi wird durch dererlei immer ganz rappelig gestimmt, denn was, wenn Besuch käme? Da helfen im Grunde auch keine beschwichtigenden Gedanken solcherart, daß die Omi Mobbl in ihrem Alter schon seit drei Monaten unter der Erde lag.

So schrieb ich ein kleines Zettelchen für die Frau Wyss.

„Vielen Dank für Ihre Müh!" schrieb ich nett und sprach´s beim Schreiben sogar laut aus, damit die Omi mitbekommt, was ich da schreib´. Dann versuchte ich zu erklären, daß ich *gemeint* hatte, es seien noch Klopapierrollen da. „….doch es handelte sich um Küchenrollen!" Dies schrieb ich, damit Frau Wyss nicht denkt, ich sei ein dummes Ding, das sich nicht darauf versteht, vorausschauend zu agieren.

Ich schrieb sehr umständlich, so daß der kleine Zettel viel zu klein war für die vielen Worte, die mir vorschwebten.

Montag, 8. April
Wörth an der Donau - Ofenbach

Sonnig

Raststätte Donautal:
Ich reihte mich in eine Schlange ein, um ein Autobahnpickerl zu kaufen, und der Herr der vor mir stand, frug den Bediensteten, was das kürzstmöglichste Pickerl sei?
„Zehn Tage", meinte der schwabbelige Verkäufer lapidar.
„Biddö??" ... und *fünf* Tage gibt es nicht?" frug der zirka 65-jährige Herr, verknautschte sein Gesicht, und trichterte fragend das Ohr.
„Die Frage erübrigt sich durch meine vorhergehende Antwort!" sagte der Tresenbedienstete grämlich.
„Biddö??"...*fünf* Tage geht nicht? ... warum sind Sie denn so ungeduldig?" frug der alte Mann schließlich verdrossen.
Das tat dem jungen Mann dann doch leid.
„´tschuldigung!!! Ich bin ein bißchen gereizt. Stress!!!! Richtet sich aber nicht gegen Sie persönlich," sagte er einsichtig und leicht zerknirscht, da ja auch *er* eines Tages alt werden, und vielleicht froh sein wird,

wenn man ein bißchen nett und verständnisvoll mit ihm umspringt?

Darüber mußte ich während meiner Weiterfahrt nachdenken.

Mir kam's vor, als wäre dies ein Wink des Schicksals gewesen, *in mich* zu gehen, weil die Omi es vielleicht doch gemerkt hat, wie ich zuweilen ungeduldig bin, wenn sie mal wieder nichts verstanden hat.

Heute war ich ein bißchen traurig, und wünschte mir, meine Omi, so lang sie noch da ist, bald wieder zu besuchen.

Jetzt aber schlängelte ich mich nach Passau eini. (Schon schaltet mein Hirn aufs Bayrische)

Ich lief in meinem grauen Jackett in die etwas kühl temperierte, so doch sonnige Stadt hinein. Eine imaginäre Forke nach Rehleins „Exactra-hair-repair" ausgestreckt.

Wieder mußte ich beim Laufen an meine These denken, daß es seltsam sei, durch eine Stadt zu laufen, in der einen niemand liebt.

In einem Buchschop ließ ich mir von einem Buch die Folie abzupfen: „Bücher" von Dietrich Schwanitz. Über die Bücher, die man gelesen haben muß.
Doch ich fürchte, ich würde nicht einmal über das erste Buch hinauskommen – die Bibel – da ich die Bücher ja meist ohnehin leider nur anmümmel, und beim Mümmeln bereits nach dem nächsten Schmöler schiele.

In Ofenbach:

Ich parkte im Kalgassenknie, und schlich mich in Mings Ashram hinauf, weil es irgendwie zu mir gehört, daß ich mir immer ein Späßlein ausdenke. Ich nahm die Omi Mobbl - auf einem kunstvollen Ölgemälde Rehleins verewigt - von der Wand trug es vor meinem Haupte her, und bewegte mich damit auf den übenden Ming zu.

„Kommt die Gerswin?" ließ ich Mobbl mit wissendem Untertone fragen. (Das „d" am Ende pflegte Mobbl sich zu ersparen.)

Ming unterbrach seine Studien am Klavier mitten in der Phrase, lachte und umarmte mich herzlich.

Auf diese Weise (mit dem Bild vor dem Haupt) begrüßte ich auch Rehlein im Musikzimmer.

Rehlein hatte gerad die Füße hochgelegt, und las zwei Lektüren auf einmal: Den *Spiegel* (Empörendes), und „Selbs Mord" (hoffentlich Hochgeistiges?) von Bernhard Schlink.

Das süßeste Rehlein freute sich so sehr über mich, wie es eben nur eine Mutter kann. Rehlein hüpfte herum, und wurde ganz übermütig vor Freude über den sonderbaren Gast.

Abends waren wir unter uns, und eine große Fröhe breitete sich aus, weil wir uns alle unglaublich liebten. Rehlein kochte Spaghetti, und wir saßen fröhlich am Tisch und sprachen über den Friedel, dessen Aura noch im Hause schwebte, da er erst heute morgen wieder abgereist war.

Ming erzählte so köstlich amüsant, wie der Friedel ein ganz schwärmerisches E-Mail an Insa Backe schrieb. Dann besann er sich aber drauf, daß er der Doris auch noch schreiben müsse, und tauschte das Wörtchen „Insa" einfach mit „Doris" aus.
Dem klugen Ming war aber rechtzeitig noch aufgefallen, daß der Friedel in der Mitte des Briefes noch ein paar Kleinigkeiten ändern müsse.
Er beschrieb nämlich, wie Ming lebt, und das weiß die Doris doch schon.

Wir schauten uns eine Komödie mit Meryl Streep an, die eine Schriftstellerin ganz in rosa spielte. Dieser Dame verfiel eine Variation von Kantor Schmidt in Aurich. Ein Herr, der seines Zeichens eine dicke Ehefrau mit einem Leberfleck im Gesicht hatte. Gute Nacht!

Dienstag, 9. April

Nicht so besonders schön:
Grau, braun bewölkt - starres Wolkenbild

Am Morgen mußte man sich eingestehen, daß man auch ohne Opa zu nichts kommt.
Zunächst meinte ich, mein Notenständer sei verschwunden.
„Na, den wird die mitgenommen haben!" dachte Omi Mobbl in mir, mit einem schrägen

Seitengedanken an die Dame Gerswind im zwanzig Kilometer entfernten Kirchau.

Dadurch, daß ich so entsetzlich lahm war, bereitete es mir Müh´, mich selber zum Üben zusammenzuklauben.

Ich lenkte die Rede darauf, daß Rehlein im Sommer unbedingt in Ostfriesland sein muß, da sonst wieder jeden Abend die Gloria bei uns herumhängt.

Rehlein findet sie auf dem einen Foto sehr hübsch, und in Glorias Alter sei man eben „so", zeigte Rehlein mütterliches Verständnis für ein verliebtes junge Fräulein.

Man glaubt, wahre Freunde für´s Leben gefunden zu haben, und ist bis unter die Haarwurz befüllt mit Enthusiasmus und juveniler Leidenschaft.

Erst später im Leben wird man gleichmütig, und wünscht keinen Besuch mehr.

Rehlein steckt zur Zeit in der Zwickmühle:
Der Ha-He mailte ihr, daß er gerne das Beätchen in Amerika besuchen würde, woraufhin Rehlein das Beätchen anief. Doch das Beätchen sei am Telefon in so eine izzelige Stimmung gesunken und habe mit ganz spitzer Stimme gesagt: „Er kann bei uns übernachten, und er kann auch ein Mittagessen und ein Abendessen bekommen.." (je mit unhörbarer, jedoch sehr deutlich fühlbarer Betonung auf „ein") [...dann aber möge er gefälligst wieder Leine ziehen!] ← dies

sagte das Beätchen zwar nicht, ließ es Rehlein jedoch mehr als deutlich spüren.

Rehlein fühlte sich bei diesen Worten, die angestrengt aufgeschäumter Nächstenliebe entsprangen, in Unbehagen eingezwackt.

Früher haben wir manchmal Freunde von der Beate beherbergt, die „irre* nett" waren.

*Das ist Beätchens Wort: Kein Brief ohne das multipel auftretende Wörtchen „irre"

Heute wurde die Queen Mum beerdigt, und somit berichtete man im Televisor den ganzen Vormittag lang aus London vom Unfassbaren.

„Dich interessiert´s...?" frug meine Mama nett, da sie hoffte, mich interessiere der geschichtliche Hintergrund. Gebannt schauten wir nun auf den Bildschirm, und sahen allerlei: Männer mit Staubwedeln auf dem Kopf z.B. und vieles mehr.

Durch diese weltbewegende Beerdigung glaubte man allgemein wie selbstverständlich, heute nicht arbeiten zu müssen.

Ming meinte, daß ich mit meinem Tagebuch doch irgendwann mal einen Schlußstrich ziehen könne?

Ein Tip, ähnelnd jenem, den ein Lokalpolitiker mit Namen Enno Sch. mal für unseren „Musikalischen Sommer" parat gehabt hatte, und theoretisch könnte ich das wirklich tun.

Enno Sch. sagte: „Nach zehn Jahren sollte man einen würdigen Schlußstrich unter den „Musikalischen Sommer" ziehen.

Zu Mings Vorschlag schrieb ich gerade das Wörtchen „und", und erwog mitten im Wort, daß ich doch hier und jetzt für immer damit aufhören könne? Das Wörtchen „und" würde geheimnisvoll im Raum stehen bleiben, und meine Chronik würde ins Nichts versickern.

Nachtrag 2021: Gottlob wurden weder die Worte Mings noch jene eines Enno Sch. in die Tat umgesetzt.

Spaziergang zur Kapelle auf einem weichgeschwungenen Hügel:
Die Rede wurde auf Beate und Ric gelenkt.
Rehlein erzählte jene Geschichte, wie mein Ex-Onkel Ric in Amerika eines Abends eine so unheilvolle Ausstrahlung ausgeströmt hat wie ein Taliban, oder aber ein verärgerter Gorilla.

Obwohl es eine Geschichte ist, die ich schon kenne, höre ich sie solcherart, wie eine Symphonie die mir bereits vertraut ist, immer wieder gerne.
Bei der bloßen Schilderung, wie das Beätchen gesagt hat: „Äääwwrika, ihr wisst wo die Betten sind. Wir gehen jetzt ins Bett!" bekam ich schon mehr Energie, weil ich das alles so bannend fand.

Man lernt dabei, daß wir alle durch eine Lektion des Lebens gehen müssen, und wenn wir uns auch noch so schlau gedünkt haben.

Ich frug den allwissenden Ming, wie es wohl sei, wenn Prinz William seine Omi besucht, die zufälligerweise Königin von England ist?

Ob er extra in Anzug und Krawatte erscheinen muß?

Die Queen sitzt beim Tee und sagt steif: "Was macht die Schule, mein Junge?" und löst mit dieser anstrengenden Frage nicht den geringsten Mitteilungsschwung in dem jungen Mann aus.

Mittwoch, 10. April

Leider ganz schlechtes Wetter. Braun-grau.
Geniesl das in Ge<u>schn</u>iesl überging

Bis auf weiteres muß Rehlein nach ihrem Schulterbruch im Februar immer am Mo, Mi und Fr zur Schulterbehandlung ins Spital, und nur ungern entließ ich Rehlein in den bleichen Sprühregen hinaus, denn man möchte jede Sekunde mit Rehlein auskosten.

Dadurch, daß es hieß, Rehlein kehre erst um viere wieder, türmte ich immer noch mehr Abschiedsworte aufeinander, obwohl ich doch auch weiß, daß man´s nicht übertreiben solle!

"Ich liebe Dich!" rief ich noch auf glühende Weise, als sich das letzte Eckchen von Rehleins rotem Schirm meinen Blicken entzog.

Die ganze riesengroße Liebe für den Opa, die auch noch übrig ist, verteile ich nun auf Rehlein, Buz und

Ming, so daß man Obacht geben muß, niemanden mit seiner Liebe zu erdrücken.

Auf dem Bildschirm liefen die vier Jahreszeiten mit Anne-Sophie Mutter, und Ming machte sich über den greisenhaften Karajan lustig, den er im Verdacht hatte, aus kindisch-seniorilem Gebaren und einem gewissen Geltungstrieb heraus in ein Cembalo ohne Saiten hineinzupatschen.
Außerdem klang alles so bös!

Rehlein hatte beim Dr. Bogad genau jene Worte angebracht, die sie sich auch vorgenommen hatte: Daß sie ein wenig enttäuscht von ihm sei.
(Worte, die sie dem Opa schuldig war)
Der Doktor habe sich auch sehr kleinlaut und sehr warm, geradezu verzweifelt entschuldigt, da er Rehlein sehr mag. Er konnte sich gar nicht mehr recht denken, was da wohl in ihn gefahren sei?
(Daß er nicht gekommen war, als man ihn rief.)
Für den Opa war´s schon lang an der Zeit gewesen, und der Doktor hatte sich ohnehin schon immer gewundert, daß er soooo lange lebte.

Donnerstag, 11. April

Sonnig und doch grau bewölkt

Wundervoll geschlafen.

Ich träumte lauter Unlogischkeiten, doch das fiel mir währenddessen überhaupt nicht auf.

Ich ließ meine Blicke suchend über den Teppich gleiten, um zu schauen, ob ich wohl meinen Schneidezahn fände, der mir unlängst einfach aus dem Munde gehüpft, und seither verschollen war? Mittlerweile hatte mir der Jörg einen schönen neuen Zahn eingebastelt, - vielleicht eine Spur zu weiß um wahr zu sein. Hierzu hatte er den verbliebenen Schneidezahn auch noch abmontiert, und in einen Blumenkübel eingepflanzt, weil er mir stattdessen den neuesten Schrei auf dem dentalen Markt aufgeschwatzt hatte: <u>Einen</u> doppelt so großen Schneidezahn anstelle der zweien, die ansonsten die Lächelzonen zieren. Da spare man sich die Zwischenraumreinigung, so hieß es. Und so bot ich jetzt einen höchst putzigen, und gewöhnungsbedürftigen Anblick, den ich vor der Öffentlichkeit verbergen wollte.

Ich träumte weiter:

Die Gerswind musste mir ein neues Unterhöslein finanzieren (Modell „Paganini").

Buz fand es unverfroren, daß die Gerswind mir ein Unterhöslein finanzieren muß.

Dann schrillte mich der Wecker empor, und ich hatte den Alltag völlig vergessen gehabt. Doch nun flutete er mir ins Bewußtsein zurück – solcherart vielleicht wie einem Alzheimerkranken, dem – an der Himmelspforte angelangt – sein Verstand zurückgegeben wird, der ihm um einen Schritt vorausgegangen war.

Ich stellte mir die Sicht durch die 89-jährigen Augen von der Omi vor:

Wie durch zwei kleine Schuppenfenster, die Staub und Spinnweben angesetzt haben. Doch die Sonne scheint trotzdem noch ein kleines bißchen herein, auch wenn man durch die blindgewordenen Fensterscheiben praktisch nichts mehr sieht.

Opas Babuschen hat Rehlein unter dem Telefonschränkchen versteckt, weil der Opa gegen Ende seines Lebens an Nagelpilz laboriert hat, und das aufmerksame Rehlein es verhindern will, daß ein anderer seine Füße hineinbettet...doch ich sehe die weichen und leider leeren Babuschen, die einst die Greisenfüße umschmeichelt hielten jedesmal, wenn ich die Treppen heraufkomme.
 Ich vermisse Opa & Mobbl so sehr, daß ich verrückt werden könnte!

Freitag, 12. April

Grau, feucht, frisch und windig. Zum Teil nieselnd

Ich saß in Mobblns Sorgenstuhl, da sich für mich über Nacht zwei Sorgen angesammelt hatten, die gedanklich beharkt werden wollten:
 Eine Blase auf der Oberlippe, und hinzu kam mir meine Nase, auf die ich doch so stolz bin, da es doch Rehleins Nase in *meinem* Gesicht ist, so asymetrisch gedunsen vor, so wie man´s gemeinhin bei reiferen Semestern, wie beispielsweise Frau Rautenberg, sieht.

Ming griff sich meine Violine, und machte mir vor, wie Gidon Kremer den Anfang von Ravels „Blues" gespielt hat: Bei den Zupfakkorden sank Ming in die Knie, so daß die Schnecke der Violine beinah den Boden berührte.

Später meinte Ming sinnig, daß man dieses Stück ganz normal spielen und die Musik für sich selber sprechen lassen müsse. Die meisten Geiger übertreiben es, und tatsächlich ertappte ich mich innerlich dabei, daß ich´s selber fast auch so gehandhabt hätte, nur um vor Ming als genial dazustehen!

Ming telefonierte in lockerem Tonfall mit dem Herwig, und hielt seine Radioschuhe so elegant, daß die Spitze des einen Schräg in die Höhe ragte.

Das Telefonkabel schien mir die Nabelschnur zur realen Welt zu sein.

Eine Nabelschnur, die mir für mich schon direkt ein wenig abgerupft scheint, da mich niemand mehr anruft.

Rehlein langte in den Briefkasten, und ich rief einfach so aus:

„Der Opa hat geschrieben!"

Etwas, das man inzwischen leider nicht mehr ausrufen kann, doch ich tat´s trotzdem.

Am Spätnachmittag ging´s mir wie einst Omi Mobbln:

Ich hielt eine Tasse mit heißem Wasser in Händen, doch nach einer Weile fühlte ich die Tasse schon nicht mehr, weil ich in einen schweren Schlummer zu verfallen drohte, in dessen Folge ich federleicht wurde, und mich zu einem Großteil aus meinem irdischen Gewande löste. Ich merkte jedoch durch die geschlossenen Augenlider und nur mit dem siebten Sinne, daß Rehlein mich dabei fotografierte.

Der Schlummer selber mag schwer gewesen sein, doch ich fühlte mich dabei ganz leicht.

Dann aber raffte ich mich wieder zusammen, um einkaufen zu fahren.

Die Süße des Schlummers war mir hindess nicht aus dem Gebein gewichen, fuhr somit im Auto mit, und im Supermarkt hatte sie sich noch immer nicht verflüchtigt.

Wattiert und benommen, mich in einer unwirklichen Stimmung befindend, stand ich am Illustriertenstand.

Hätte ich beispielsweise jemandem die Sicht versperrt – es hätte mich nicht geniert!

Ich nahm die BUNTE zur Hand, und las über den Fall „Dennis".

Der böse schwarze Mann, der den kleinen Jungen nachts aus dem Schülerlandheim geraubt hatte, ist immer noch nicht gefaßt worden, da er äußerst intelligent zu sein scheint.

Nach einer Weile dachte ich: „Jetzt bin ich schon so lange aushäusig, doch nichts liegt im Einkaufswagen!"

Es hat dann noch sehr lange gedauert, bis der Einkaufswagen gefüllt und alles abbezahlt war, weil ich zweimal in eine Katatonie verfiel: Das Leben um mich herum fror fest, und die Zeit kam zum gänzlichen Stillstand – gefühlte 200 Jahre lang. Zunächst, als ich für Rehlein das Hausbrotgewürz suchte und nicht fand, und das zweite Mal beim vergeblichen Germ* suchen.

*Österreichisch: Hefe (S. auch „Germknödel")

Doch eine nette, engagierte Verkäuferin holte mich, ohne es zu ahnen, aus diesem geistigen Stillstand wieder heraus, indem sie mir wie ein Engel den richtigen Weg wies.

Samstag, 13. April

Das Wetter nimmt wieder Kontur an.
Und dennoch: Zunächst eher grün-grämlich
und dünn bewölkt. Mit Sonneneingrellungen,
die mir vielleicht nicht sooo taugten

Bettzerzaust und in dem wunderschönen zart-lila Nachtgewand, das Rehlein mir zur einstweiligen Verfügung gestellt hat, stieg ich in den Tag hinein.

Beim Frühstück war ich so enttäuscht vom Brot.

„Es schmeckt nach nichts!" sprach das Kläuschen aus mir, und zwiefach sagte ich mitten in die anregenden Gespräche von Mutter & Sohn hinein: „Ich bin so bitter enttäuscht von dem Brot!"

Nur einmal wurde ich wieder etwas positiver und sagte: „Das Brot kann man gleichzeitig als Brot <u>und</u> als Lappen benützen!"

Die Nutella, die ich auf die eine Hälfte geschmiert hatte war nämlich so flüssig, daß ich mein Gesicht mit der anderen Brothälfte wieder abwischen konnte.

Rehlein erzählte, wie ich den Ming, als er damals das aller erstemal nach Hause kam, freudig begrüßt habe. Doch als Ming älter wurde und „dada" sagte, und alle das so süß fanden, da versuchte ich es ihm gleich zu tun, um auch süß gefunden zu werden, und wenn ich krabbelte sah's so unsportlich, und beim Ming sah's so sportlich aus.

Sonntag, 14. April

Dünner, aber stetiger Regen

Wir schauten uns einen Film über russische Wunderkinder in Moskau an.

Das Fokkusierungsglas wurde auf drei bemerkenswerte junge Talente gerichtet: Beispielsweise auf eine mittlerweile fast erwachsene Pianistin, die einst als Kind mit einer großen Schleife auf dem Haupt vor dem Papst konzertiert hat.

Hier im Westen hat sie einen schlitzohrigen „Impresario" sitzen, der zu seinen Worten immer so eine listige „Insider-Miene" schneidet, daß man auf den Inhalt seiner Worte kaum achten kann, und immer nur auf die Miene als solche draufschauen muß.

Inzwischen hat die Lena allerdings mit ihm Schluß gemacht. Aus welchen Gründen auch immer wollte sie *unbedingt* bei Vladimir Krajnjew in Hannover studieren und nicht, wie vom Impresario empfohlen, bei einem anderen versierten Pädagogen in Philadelphia.

Aber dann sackte die Lena, die so viel vorhatte, in eine Krise hinab, obwohl ihre Mutti im fernen Rußland ihr doch ein so schönes, rotes Kleid genäht hatte!

Ob Ming oder Rehlein wohl geschockt wären, wenn sie fühlen könnten, wie schwach ich mich immer anfühle? Treppen türmen sich vor mir kilometerhoch...

Nach einer Weile schauten wir das „Reich-Ranitzki-Solo".

Der Reich-Ranitzki begann das „Solo" mit einer Schmähtirade auf ARD und ZDF.

„Wenn ich arte und 3Sat nicht hätte!" hörte man den alten Ochsenfrosch quaken, doch alles in allem schien mir die Sendung etwas mühsam und banal.

Er sprach über jene „Neidhämmel" in den Zeitungen, die die Schriftsteller immer mit Fleiß mißverstehen <u>wollen</u>, und nun so tun, als sympathisiere Günther Grass doch leicht mit den Nazis.

Aber das kennt man ja zu Genüge, und daß man darüber noch Worte verlieren muß?

Montag, 15. April

Weißlich

Der Opa hat Rehlein seine Leidenschaft für Schokolade posthum vererbt, und das süße Rehlein brachte heute eine riesige lila „Milka-Nuß" mit nach Hause.

Beim Mittagessen frug ich Ming, wer wohl seine erste Liebe war?

„Meine Mutter!" sagte der warme Ming und schaute Rehlein zärtlich an.

Dienstag, 16. April

Morgens zarte Tendenz zur Lieblichkeit,
dann wieder herbe bewölkt

Beim Joggen im Knisterholz zu früher Morgenstund´ waren meine Gedanken leider alles andere als engelsgleich:

Ausgangsmodulierend vom Prof. Kebab, der heut 50 oder 51 Jahre alt wird, und den man anrufen könnte, es aber doch nicht tut, dachte ich über die hübsche Nicole nach, die einfach plötzlich aus meinem Leben hinweggeblendet wurde, nachdem wir doch vor fünf Jahren fast so etwas wie Freundinnen waren?

Zu meinem Herumgehoppel durch den Wald schmetterte ich der Nicole im Geiste niederschmetternde Dinge an den Kopf: Daß ich es lächerlich fände, wie sie die umstrittenen Thesen des Professors, wie die Musikwerke wohl zu interpretieren seien, nach Jüngerart zu ihren eigenen Thesen gemacht habe, so wie die Nicoletta wiederum die Gegenthesen vom Prof. B., der ganz viele Gegenthesen ersonnen hat, die er herkömmlichen Thesen gegenthesengemäß entgegenstellen möchte.

„Man sollte seine eigenen Thesen und Gegenthesen finden!" sagte ich der Nicole im Geiste.

Rehlein erzählte mir eine kleine Supermarktsepisode, die sich gestern ereignet hat, und die mich sehr berührte. Jemand hat Rehlein einfach mit dem Einkaufswagen überholt und blieb dann schwatzend und verstopfend vor Rehlein stehen, so daß Rehlein etwas erunwirscht ausrief: „Darf ich vielleicht mal durch??!"

(Rehlein: „Ich _war_ patzig!")

Der Herr ist davon ganz erschrocken und entschuldigte sich sehr höflich. Das gefühlvolle Rehlein war dadurch so tief beschämt, und es arbeitete beständig in ihr.

Jetzt wünschte sich Rehlein, daß sie den Herrn auf den sie gestern noch so zornig war, vielleicht wiedersieht, um die vorausgegangene Unfreundlichkeit im Nachhinein vielleicht durch einen verbindenden kleinen Scherz zu neutralisieren?

Sie sah den Herrn aber leider nimmer, und stattdessen gewährte Rehlein einem anderen Herrn Vortritt, und dieser Herr freute sich sehr darüber.

Immer wieder sang ich den Hit: „Für mich soll's rote Rosen regnen!" und sprach überhaupt ganz viel über die verblichene Hildegard Knef.
Ich wurde fröhlich und lachte laut, weil ich den Hit so humorvoll fand.
Dann stellte ich mir vor, *wie Frau Meyer den vielleicht mit plattdeutschem Einschlag auf dem Betriebsfest singt:*
„*Für mich soll's route Rousn reeeechnen!"*

In Frankfurt begann heut der Prozess gegen fünf gefährliche Talibane, oder vielleicht auch nur Hobbytalibane, die schon vor dem 11. September verhaftet worden waren.
Sie wollten eine Bombe basteln und auf dem Weihnachtsmarkt in Straßburg zum Detonieren bringen, und nach dem Essen frug ich mich, was man sich wohl *dabei* gedacht haben mag?

Am Abend rief ich die kleine Rosalie zum Geburtstag an. Mutti Ute meldete sich froh, im Hintergrund hörte man viel Stimmgewirr, und die Feli sang ganz laut und enthemmt „Häppi börsdäy!"
Sogar mit der Jubilarin selber sprach ich. Die Rosalie wird heut drei und hört sich am Telefon (noch) so an, wie eine grenzdebile Bauersfrau, die einen schwer verständlichen Dialekt spricht.

Ich bemühte mich, kindgerecht und leuchtend zu klingen.

„Einen Pampolin!" sagte die kleine Rosi, ohne daß ich sie danach gefragt hätte über ihre Geschenke, und „eine Tuppe!"

Ich erfuhr, daß Mutti Ute demnächst eine Mutter/Kind Kur im Großraum Paderborn antritt.

„Das macht meine Mama auch!" rief ich fröhlich und beplabberte Rehlein unten, daß sie, wenn sie die Kur beantragt, unbedingt erwähnen muß, daß sie ein kleines Töchterlein hat. (Mich!)

Abends versammelten wir uns zum Abendessen: Es gab Rapunzelsalat mit Mozzarella und wir waren mehr als glücklich, da wir ja innigste Verwandte sind.

Ich liebte Rehlein und Ming unglaublich!

Mittwoch 17. April

Weißlich herbe

Wir sprachen über Brigitte H., die wegen dem Pferdetritt in ihrem Gesicht nicht zu beneiden ist.
Dann fiel uns allerdings doch etwas ein, worum man sie beneiden könnte: Ihr vieles Geld!

Ich wurde lustig bei der Idee, Ming könne – ähnelnd dem Klavierlehrer Menzel in Grebenstein, Brigittes heute 17-jährige Tochter Uta heiraten?
Ming und Uta machen ja demnächst gemeinsam das Abitur und ich mutmaßte, daß die hochintelligente

und gleichsam bezaubernde Uta sicher ein erstklassiges Abitur ablegen und später Ärztin, Juristin oder gar Theologin wird?

Ich dehnte meine Mutmaßungen auch noch bis zur Daaje aus, von der ich hoffe und annehme, daß sie in zehn Jahren auch ein fantastisches Abitur macht.
Doch Ming hat da ein wenig Zweifel, denn Daajes Vater, der Fritzi, schaffte damals nur ein Notabitur und auch nur unter der Prämisse, daß er garantiert nichts anderes als Musik studieren würde.

Der Fritzi hatte so wenig Ahnung von Mathematik, daß er gar nicht bemerkt hat, wie der Lehrer ihm in der mündlichen Prüfung zu helfen versuchte!

Ming machte es uns so köstlich im übertragenen Sinne vor:

Wenn man beispielsweise frägt: „Was ist 2 x 2 ??" und dann als Fragender mit vier wedelnden Fingern einen Hahnenkamm auf seinem Haupt symbolisiert.

Donnerstag, 18. April

Feucht bewölkt

Wenn der Wecker auftönt, bebarsche ich mich zuweilen selber mit Worten wie:
„Aber GANZ schnell!" und „Aber zackig!" So, wie andere von anderen bebarscht werden.

Ming verlässt derzeit das Haus stets um viertel nach sechs, so daß man sich ganz knapp verpasst.

Das klaffende Gatter zeugt davon, daß er das Haus verlassen hat, aber seine Aura ist noch ein bißchen spürbar.

Ich las Rehlein vor, was heut vor drei Monaten geschah:

Durch großen Zufall handelte es sich genau um jenen historischen Tag in unserem Leben, an dem die Hilde Buzen seine Geschenke zurückgeben ließ.

Rehlein imponierte es, daß Buz Hildes Mutti das Schmuckstück zurückgeschickt hat, so daß es die Hilde später mit etwa 64 Jahren erbt.

„Das nenne ich Charakter!" sagte Rehlein nett.

Rehlein hatte sich zu einem Umschlummer retiriert, und als ich mich im Keller zum joggen umkleidete, machte ich mir die größten Sorgen, weil es mir hinter der schweren Eisentüre zum Urbettzimmer so still vorkam.

„Noch könnte man die Mama vielleicht retten?" dachte ich bang. „Indem man sie kräftig durchschüttelt und durchrüttelt!"

Doch ein anderer Teil meines Ichs befürchtete, Rehlein könne bei dieser Aktion „Opa-Bangkok" vielleicht genervt aufstöhnen: „Jetzt bin ich *endlich* mal eingeschlafen!"

Und leider weiß man nie, was richtig (gewesen) wäre.

Hierzu muß man eine **historische Begebenheit aus unserem Leben aufrollen:**

Bangkok 1972:
 Der Opa befand sich auf einer Reise nach Taiwan, wo er seine Enkelkinder besuchen wollte: Uns!
 Auf dem Wege dorthin machte er Station bei seinem Spezi Herrn Schütz und dessen Frau Mitschka. Einem Ehepaar, das nach Bangkok ausgewandert war.
 Es war so heiß, und der Opa war so müd!
 Am nächsten Tag passierte etwas Schauderhaftes: Man saß beim Frühstück und wartete auf den Gast. Man wartete und wartete, und der Kaffee drohte zu erkalten....schließlich sandte die Frau ihren Mann aus, um nach dem rechten zu sehen.
 Nach einer Weile erschien der Schütz oben auf der Stiege. Aschfahl geworden, sagte er: „Es ist etwas Furchtbares passiert: Der Rothfuß ist gestorben!"
 „Nein! Nein! Nein! Nein!!!!" schrie die Mitschka wie von Sinnen – weniger wegen dem Opa, als vielmehr aus jenem Graus heraus, man stünde nun mit den ganzen Formalitäten alleine da, und in solch einem heißen Land beginnen die Verstorbenen auch schon bald empfindlich zu müffeln...sie raste die Treppen hinauf, stürzte ins Gästezimmer, beutelte und rüttelte mit solch einer Inbrunst an dem frisch Verstorbenen herum, bis der Opa die Augen wieder aufschlug – und noch heute ist man der Meinung, der Opa wäre ohne diese gewaltsame Berüttelung für immer eingeschlafen.

Wir überlegten, was man den Vitzthums zum Kuchen wohl für ein Getränk anbieten könne?
„Wir fahren gar kein Getränk auf", scherzte ich. „Wir machen´s wie der sparsame Onkel Rainer in

Kanada. Der sagt womöglich: „Wir haben uns gedacht, wir bieten Ihnen nichts zu trinken an. Denn sonst muß man so viel laufen!"

Der Besuch:
Manchmal versank ich in einen dumpfen Autismus und schaute im Geiste durch Mings Augen mit leisem Bedenken auf mich selber drauf, und dann wiederum fühlte ich mich zuweilen auch wie ein eifriges Schulkind, das sich beim Melden fast den Arm ausrenkt und vor Berichtdrang auch noch mit den hoch über dem Haupt erhobenen Fingern schnalzt.

Ich wollte von amerikanischen Lebensqualitätsaufschäumungskursen berichten, und blieb bei dieser Schilderung in einer Seitengasse stecken:

Wie sich der Musiker Seibold bis zum Wahn in seine 13-jährige Stieftochter Swaantje verliebte. D.h. er hatte sich schon in sie verliebt, bevor sie seine Stieftochter wurde. Ihre Mutti Ingeburg heiratete er nur aus jenem Grunde, um der knackfrischen Stieftochter nahe zu sein. (Eine Anregung, die er aus Nabokows Roman „Lolita" gezogen hatte.)

Aus Angst, aus der engen Loggoröhlücke, die Frau Vitzthum gerade geboten und in die ich mich emsig hineingezwängt hatte, wieder hinausgekickt zu werden, ließ ich bei meiner Schilderung jedoch die nötige Detailsorgfalt vermissen, die meine spannenden Geschichten sonst so auszeichnet – doch was bleibt einem anderes übrig?

Freitag, 19. April

Vormittags regentrübe. Es regnete geräuschvoll. Nachmittags in
leicht vergilbten Tönungen aufgelichtet

Im Sommer möchte uns die Ulrike besuchen, und ich dachte mir aus, wie sie nach zwei Tagen von Rehlein einfach nicht mehr ertragen wird? Ich selber verwandelte mich probehalber in die Ulrike, und stellte mir vor, Rehleins Herz erweichen zu können, wenn ich die Küche aufräume.

Doch bei diesen Gedanken spürte ich quälend, daß ein Nichtverwandter, in den man nicht verliebt ist, und der nicht gerade ein Putzfrauengehalt bezieht, in einem fremden Haushalt nichts zu suchen hat.

Rehleins Töpfe räumte ich direkt ein wenig „mit Köpfchen" auf, denn beinahe wäre es mir aus Geistesabwesenheit passiert, daß ich sie ganz unreif, nach Art einer unreifen Schülerin Buzens weggeräumt hätte!

Abends besuchte ich mit Ming ein Konzert der Militärkapelle in Wiener Neustadt:

Wir saßen auf einer Biertischbank im Hinterteil der Kirche und harrten dem Geschehen:

Neun Nummern mit Blasmusik wurden geboten, und zuerst waren wir frohen Mutes, weil wir gemeint haben, es dauere vielleicht nicht so lang?

Jedes Stück wurde direkt salbungsvoll mit einigen Worten eingeleitet, und zu Beginn des Konzerts war ich noch positiv eingestimmt, und nahm mir vor, nach jeder Nummer etwas Positives von mir zu geben, so daß man es in der Reihe hinter uns hören könne. Beispielsweise: „Ein Hochgenuss!" oder „Ein musikalischer Leckerbissen!"

Ming neben mir war so witzig, und ich hatte meine Mühe, nicht laut und blökend über seine Späße zu lachen. Man spürte, wie er sich nach Art vom Professor Kebap innerlich zu diesen Klängen wie unter Peitschenhieben krümmte.

Ein Hit hieß „JESUS CHRISTUS Superstar"!

Rehlein hat heut zwanzig Minuten lang Bratsche geübt, und es habe eine solche FREUDE gemacht!
„Die Mama könnte ohneweiteres noch ein Studium beim Professor Stierhofer* durchziehen!" sagte ich.

*Professor in Wien, von dem man aber nur das Türschild kennenlernen durfte, da er professorengemäß nie zugegen war

Samstag, 20. April

Vormittags Regen, nachmittags bewölkt

Spaziergang:
Wie stets hatte es sich der süße Ming nicht nehmen lassen, die am Wegesrand weidenden rostroten Suzuki-Pferde* zu füttern, so daß man oben auf der

Fritzibank** noch sehen konnte, wie sie Ming dankbar hinterherblickten.

*So heißen sie, da uns der Farbton so an den Anstrich von Suzuki-Geigen erinnert

**Und die Fritzibank heißt Fritzibank, weil wir uns früher darauf immer Fritzigeschichten erzählt haben. Jetzt erzählen wir uns schon lange keine Fritzigeschichten mehr, aber die Bank hat ihren Namen behalten

Sonntag, 21. April

Am Vormittag fing´s damit an,
daß sich die Sonne im gelben Schimmergewand
durch die Wolkendecke fraß

Ausflug nach St. Egyden.

Ming, von dem man´s ja bis heut´ – fast 38 Jahre danach – noch immer nicht fassen kann, was der Storch uns damals für ein kostbares Geschenk gemacht hat, als er Ming brachte, hatte in seinem kleinen Rucksack sein Französisch-Lehrbuch dabei und brannte vor Eifer, uns in seine Französisch-Studien einzubinden. Ganz so, wie einst der junge Opa.

Unser Weg führte ziemlich steil bergauf, und ich, in meiner Langsamkeit immer das Schlußlicht bildend, stellte mir vor, wie ich alleinstehend wäre, und mich auf einen derartigen Ausflug begebe.

Oben – Ming mit seinen langen Beinen war naturgemäß der Erste - hörte die Steilheit abrupt auf, und von unten wirkte es ein bißchen so, als sei man an der oberen Scharte einer leicht überhängenden Tsunami angelangt.

Dort befand sich ein Stein mit der geheimnisvollen Aufschrift „Irma", auf den man sich stellen und auf das Panorama (Felder u.a.) hinabblicken konnte.

Ein Paradoxon: Wenn ein rüstiger Senior entrüstet ist.

Montag, 22. April

Zarte Tendenz zum Sonnenschein,
auch wenn sich am Nachmittag wieder
blau-graue Kumuluswolken bildeten

Ich erhob mich und dachte: „Vorhang auf für die Tagesgestaltung! Versuche, ein kleines Kunstwerk aus dem Tag zu formen!"

Doch ich wurde von klammen Gedanken bewegt, Rehlein könne in der Nacht völlig überraschend verstorben sein, und läge demgemäß am Morgen erkaltet im Bett. Dies bräuchte nur wahr zu sein!

Na, Rehlein lebte auch heute noch.

Beim Nachlesen, was heut vor zehn Jahren war, hatte ich mich ganz und gar in jenen Moment hineinversenkt, als ich mit der Omi Mobbl vor dem Möbelhaus Lainer auf einer Bank in der Sonne saß, und mich in der schwülen, abgestandenen Hitze mit dem Käfer „Lippold" beschäftigte, den ich kennengelernt hatte, und der nun über meine Hand spazieren durfte.

Den kleinen Käfer, der uns zugeflogen war, hatte ich spontan so benannt, weil der Name einfach paßte.

Wie selbstverständlich hatte ich es damals genommen, daß Rehlein „erst" 53 Jahre alt war – doch heute nehme ich es nicht mehr so selbstverständlich, und klammere mich an Rehleins 63 Jahre, mit denen man die 80er, bzw. die finalen Jahre zu stürmen scheint, regelrecht an.

Kaum war Rehlein wach, da genoß ich ungestüm an meiner liebsten Mama herum.

Beim Frühstück war´s gottlob sehr nett.

Rehlein sandte die Gedanken bis nach Venedig, wo die Vitzthums ihren Osterurlaub absolvieren, und meinte, so etwas täte ihr auch gefallen – mit dem Wolf!

Da dachte ich plötzlich, – und rankte sogar Worte drum - daß für Rehlein ein Venedig-Urlaub wahrscheinlich mit fast jedem anderen Menschen interessanter wäre als mit Buz, und wunderte mich, wie schon so oft, über die Art des Menschen, mit dem Kopf durch die Wand schrammen zu wollen.

Man fährt immer wieder mit jenen Leuten in Urlaub, mit denen man am allerwenigsten zusammenpasst, und hofft, daß es diesmal besser wird.

Ming war nach Art eines bebrillten Arbeitnehmers mit gewelltem Haar von der Schule zurückgekehrt. Ich freu mich immer so, den süßen Ming zu sehen.

Mittags lag Rehlein mit einem Eisbeutel auf dem Kopf in Opas verwaistem Bett, dieweil sie sich beim Rumrempeln für die Frau Giquel an einer kantigen Schranktür eine Beule auf den Kopf gehauen hatte.
„Was ist 2 x 2?" frug ich aufgeschreckt, und wedelte mir mit vier Fingern einen Hahnenkamm auf dem Kopf zurecht, weil ich so eine wahnwitzige Angst verspürte, Rehlein könne einen Hirnschaden davongetragen haben.
Doch Rehlein wußte es.

Abends kam ein Überraschungstelefonat von der Tante Irma, das den Keim barg, als abendfüllendes Trasch- und Ratschtelefonat zwischen zwei Damen konzipiert zu sein.
Hinterher wollte ich, daß Rehlein ihren Vetter Frank anruft – doch Rehlein erunwirschte sich leicht, und man sieht's im Plan des Lebens förmlich vor sich ge<u>schrieben,</u> daß Rehlein ihren eigenen Vetter in diesem Leben wohl nicht mehr anrufen wird?
„Ich glaube, das stört mich an den Erwachsenen am meisten", meinte ich bekümmert, „daß nie etwas Überraschendes passiert!" Z.B., daß ein Politiker seinem Herzen einen Stoß gibt, und sich aus seiner eingefahrenen Idiotie löst.

Im Fernsehen verfolgten wir die Wahlen in Frankreich, die so enttäuschend verliefen, da schon wieder ein Rechtspopulist das Rennen gemacht hat.

Was, wenn dieser Mensch plötzlich eine ganz unglaubliche, bewegende Rede hielte wie Charlie Chaplin im „großen Diktator"?

Aber nein, man hält an seiner kümmerlichen Erbärmlichkeit fest.

Wie schön wäre es, wenn in der kleinen Kieler Wohnung vom Frank plötzlich das Telefon schrillte?

„Hallo. Ich bin die Erika – deine Kusine!" sagt Rehlein.

„Ich wußte, daß Du das bist!" sagt der Frank warm, obwohl man seit mehr als 40 Jahren nichts mehr miteinander zu tun gehabt hat, „ich habe es einfach gespüüüürt!" und die Wellenlänge ist so fantastisch, wie sie besser überhaupt nicht sein könnte.

Doch was Rehlein nicht weiß – in Franks Wohnung hat auch seit über 40 Jahren kein Telefon mehr geschellt.

Jetzt aber muß man sich eingestehen, daß man die vielen Jahre, in denen man nichts miteinander zu tun hatte, im Nachhinein als gewaltigen Irrtum verbuchen muß...(Ein Leben ohne den Frank ist ein Leben im Irrtum)

Dienstag, 23. April

z.T. sonnig

Rehlein schnitt zum Kochen ein höchst besorgtes Gesicht – solcherart, als sei der Grundgedanke: „HERR, das Ding tut nicht gut", schon in Rehlein *hinein*gebrannt, und man ihn auch dann denken muß, wenn er überhaupt nicht not tut?

Ich erzählte Ming, daß ich für Gidon Kremer als Geiger ähnlich empfinden würde, wie der Reich-Ranitzky für den Autor Peter Handke.
(„Ich habe noch nie viel von diesem Poeten gehalten")
Aber ich *liebe* die Bücher von Gidon Kremer! Jedes einzelne habe ich bereits mehrfach gelesen, und war jedesmal traurig, wenn es sich dem Ende entgegenkantete.
Dann dachte ich daran, wie sich ein Kritiker einmal einfach erlaubt hat, über den doch ehrlich bemühten Thomas Zehetmair zu schreiben: „Es wäre unfair, ihn mit einem Gidon Kremer zu vergleichen."
Ich holte das Buch „Die Geschichte des Bleistifts" von Peter Handke herbei, und bemerkte gerührt, daß sich der süße und gnitze Opa mit diesem Buch einst ein Späßlein erlaubt hat: In leicht verstellter Schrift stand da zu lesen:

Meiner innigst geliebten Schwiegertochter
zu Weihnachten 1959!
Von Margarethe Rothfuß

Und dabei weiß man doch genau, was Opas Mutti für ihre Schwiegertochter empfunden hat!
Diese Empfindungen hat sie der Schwiegertochter nach ihrem Exitus einfach vermacht, denn im

Himmel wird dererlei nicht geduldet, – und somit mußte die arme Omi Mobbl ständig in ihrem Groll gegen die Dame Gerswind und noch ein paar andere zu Begrollenden schmurgeln.

Mittwoch, 24. April

Drei tosende Regenausbrüche. Sonst grünlich feucht

Rehlein weiß natürlich nicht, daß ihre Neigung, die Leidende hervorzukehren, und ihr Hobbymärtyrertum zu pflegen, als Erbmassenmolekül auch in mir angelegt ist, so daß ich meine Mama in dieser Hinsicht besser durchschaue, als ihr lieb sein dürfte.

Ich merk´s daran, daß ich im Bett immer so gerne vor mir selber die Leidende hervorkehre, indem ich Dinge murmele wie beispielsweise: „Ich schaff es nicht mehr…es ist vorbei!"

Ming war nach Wien gereist, um unsere langjährige, generationenübergreifende Freundin Frau Giquel, die aus Paris herbeigereist war, vom Bahnhof abzuholen.

(Ihr beglatzter Ehemann Bernard war in jungen Jahren ein Spezi vom Opa. Dann verzweigte sich die Freundschaft bis in die nächste Generation hinein.)

Freudig begrüßten wir uns im Flur, und dadurch, daß ich gemeint habe, die Tüte, die ich in Händen hielt, gehöre Ming, langte ich gleich hinein, und zog eine Zeitung heraus. Aber die Tüte gehörte doch der Frau Giquel!

Im Geiste hatte ich mich schon auf eine Sehbehinderte eingestellt, die kaum noch etwas sieht, doch über ihre Sehkraft nach der Staroperation sagte Frau Giquel fröhlich: „Alles in bester Ordnung!"

Durch einen übergroßen Zufall, der von einem Lektor kaum akzeptiert würde, ist Frau Giquel die Schwester von Herrn Wader in Aurich, dessen Frau Hannelore uns hier in diesem Buch im Gemüseeck im Combi bereits einmal begegnet ist.

Beim Abendbrot versuchte ich die Rede auf Frau Giquels geheimnisvolle Nichte „Cornelie" zu lenken, von der ich ein inneres Bildnis solcherart mit mir herumtrage, daß sie kränklich, und darüber hinaus ihrer Jugend zum Trotze, streng und unbeugsam wie die Gräfin Dönhoff sei.

Doch Ming ergriff den Konversationshalm, wirbelte ihn modulierend herum, und erzählte jene unglaubliche Geschichte aus seinem Leben, wie er damals mitten in New York die Waders traf!

„Damals waren wir auf dem Weg zum World Trade Center!" erzählte der süße Ming, und Rehlein und ich klebten an seinen Lippen, als verkünde er das Evangelium.

„Und da kam euch ein Mann entgegen und sagte: „Ich höre, Sie sprechen deutsch. Ich selber komme aus Hamburg-Harburg, und mein Name ist Mohammed Atta: Nächstes Jahr um diese Zeit ist von dieser Stelle hier nicht mehr viel übrig. Sie werden noch von mir hören", trug wiederum ich etwas Ungewöhnliches zur Konversation bei.

In der Trafik kaufte ich ein Brieflos, und hatte ein Riesenglück: Aus einem Euro wurden zwei! „Ich hab Glück gehabt!" triumphierte ich die eine Bedienerin an, die soeben einen braungebrannten Beau zuende bedient hatte, und die andere träge Bedienerin frug: „Houms an G´winn ghoubt??" und ein freudloses Lächeln erhellte die freudlosen Züge leicht.
Haben Sie einen Gewinn gehabt?
Wie auf Schwingen getragen lief ich somit zum Auto zurück, weil´s so schön ist, mal was zu gewinnen.

Donnerstag, 25. April

Sonnig. Zur Mittagsstund´ bewölkt

Beim Frühstück sprachen wir über die Tante Irma, von der ich *scheinbar* zu Beneidendes zu erzählen wußte: Daß sie viel Geld und nichts zu tun hätte, so daß ein Jeder vom Hörensagen allein schon gern in die sterbliche Hülle von der Tante Irmi geschlüpft wär.

Rehlein erzählte jene Episode, wie sie einst einen Tag lang auf ihre kleine Nichte Julie aufpasste, und es durch ihre bestimmende Art schaffte, daß ihr das verzogene Gör buchstäblich aus der Hand fraß.

Die Geschehnisse von vor zwanzig Jahren waren plötzlich wieder so beklemmend present, als wäre das süße Kleinkind von damals eben erst vorbeigewirbelt.

Die kleine Julie bedünkte sich als erste Frau im Lande, und verdarb Omi Mobbln durch ihre Ungezogenheiten allabendlich den Fernsehgenuß, so daß Verdreschungsgelüste in den Erwachsenen aufkeimten. Doch leider war's verboten.

Freitag, 26. April

Mal regnerisch, dann wieder sonnig

Beim Frühstück wurde politisiert, so daß ich zunächst nur so dasaß, als habe ich einen politischen Maulkorb um.

Rehlein erzählte eine Geschichte von unserem Mitmieter Louis Graeler in Tokyo – einst Konzertmeister unter Arturo Toscanini:

Zuerst war er Rehlein aufgrund ihres Familiennamens „Rothfuß" so überaus gewogen, doch als er vernahm, daß Rehlein doch keine Jüdin ist, blätterte die ganze Gewogenheit aus reinem Rassismus einfach von ihm ab, und er behandelte Rehlein mit einemmale kühl und unpersönlich – und dies, wo Rehlein doch – grad mit den Gräueltaten der Nazis! - so sensibel ist.

Nachdem Rehlein gemeinsam mit Herrn Graeler in der weltberühmten Hibiya-Halle in Tokio Mozarts Sinfonia Concertante gespielt hatte, besuchte man nach dem Konzert die jüdische Gemeinde.

Eine Dame wollte das bezaubernde junge Rehlein mit einem schier übertriebenen Enthusiasmus willkommen heißen, indem sie den Mund in hysterischem Entzücken quadratisch aufriss, um ein Lächeln hindurchzujagen, daß es in sich hatte.

Doch Louis Graeler sagte: „She is not jewish!" woraufhin die Dame den Begrüßungsvorgang abrupt abbrach, sich demonstrativ von Rehlein abwandte, und Rehlein fortan wie Luft behandelte.

Ausflug mit der Frau Giquel:

Ming hatte sein Physik-Buch in seinem Ränzel dabei, und da er täglich zwanzig Seiten lesen will, hielt er es so, daß er immer wieder – zehnmal über den ganzen Tag verteilt – zwei Seiten las.

Ich frug Ming über die Physik aus, und als der süße Ming so ansprechend referierte, sagte ich plötzlich mitten in seine Worte hinein, daß ich jetzt um zwölf Uhr nicht mehr die „Vera" einschalte, sondern den Ming!

Und dann sah man ihn immer studieren – so, wie einst den jungen Opa.

An einer Stelle hatte ein Baum in gebückter Haltung einen Arm so rührend um einen anderen Baum gelegt, und durch diesen Anblick inspiriert, erzählte ich Ming, wie Gidon Kremer beim Kurs in Wien im Jahre 1978 aus Freundlichkeit immer einen Arm um eine alte Klavierbegleiterin gelegt hat, der er die Seiten blätterte. Einer höchst verdrossenen und verstaubten sowjetischen Oma, mit gänzlich undurchdringlicher Ausstrahlung, die er aber vielleicht nett fand, und die seinem Herzen nahe war?

Wir schauten auf die ferne Burg drauf, und bald darauf erreichten wir endlich unser schönes Stammlokal, das von außen jedoch wenig einladend ausschaut.

Der Haushund Ajax trottete uns altersdeprimant entgegen, und die Damen meinten, der arme alte Hund (zirka 14 (98) Jahre alt) habe wohl ein Hüftleiden, weil er beim Laufen so wackelte?

Im Schankstubeninneren wirkte es etwas dunkel, und wie schon so oft, waren wir die einzigen Besucher, so daß anzunehmen ist, daß sich wie in Bates-Motel in „Psycho" nur selten vereinzelte Seelen dorthin verirren.

Ich spürte großes Lebensbehagen, da man sich jetzt auf die schönen Speisen und einen Jaga-Tee freuen durfte.

Wir gönnten uns einen Jagatee (wärmenden Kräutertee mit Rum) und einen köstlich-luftigen Topfenstrudel.

Getragen vom Jausenbehagen erzählte Rehlein, wie froh und dankbar sie einst war, als wir uns endlich in Taiwan installiert hatten. Weit weg von Buzen Spezis und Jüngern, die ewig bei uns herumhingen, und in deren Gegenwart Buz klassenzimmersyndrombedingt ein gänzlich Anderer zu werden pflegte. Doch es dauerte nicht sehr lange, und die Spezis tauchten in Taiwan auf.

Buz hatte nie einen sonderlichen Eifer beim Briefeschreiben gezeigt, doch plötzlich schien es ihm so überaus wichtig, den Yossi zu animieren *auch* nach Taiwan zu ziehen. Rehlein betete jeden Tag, daß der nicht kommen möge, und wenigstens dies´ Gebet wurde erhört.

Als wir uns nach dieser Stunde des Behagens wieder empfahlen, frug ich die Wirtin, ob der Ajax es wohl zu schätzen verstünde, wenn man ihm über den Kopf streicht?

Ja – wenn man es furchtlos und beherzt mache.

Der Ajax duldete es, und freute sich nach Art eines älteren Herrn vielleicht sogar leicht darüber, auch wenn er´s nicht so zeigen kann?

„Er hat gemerkt, daß ich es ernst mit ihm meine!" sagte ich zu Ming.

Auf dem Heimweg beplauderte mich der süße Ming so interessant, daß ich die Länge des Weges überhaupt nicht gespürt hab.

Es ging um das Lindalein, und wie beklemmend „die amerikanische Linda" von jenem Lindalein abweicht, das wir so lieben.

Einmal besuchte Ming zusammen mit Linda und Jim ein Basketballspiel, und Ming machte mir vor, wie der Jim unpersönlich „Hi!" zu ihm gesagt habe.

Als Ming mal vor einigen Jahren nach San Francisco reiste, war er so voller Vorfreude, doch dann war alles so ernüchternd und ungemütlich, daß Ming die Zeit, die doch dafür gedacht war, die alte Liebe wieder aufzuwärmen, nur am Klavier verübt hat. Etwas, das man doch eigentlich auch daheim hätte machen können!

Ich konnte das alles kaum fassen, und liebte den süßesten Ming unglaublich.

Ming erzählte, wie schwierig es sei, eine Unterhaltung mit der aufstrebenden Sängerin Anneli P. zu führen, da beständig, und an unpassendster Stelle ihr Händi aufzutönen pflegt, das dann absolute Priorität genießt, so daß Ming schon überlegte, sie in der Eisenbahn, wenn er neben ihr sitzt, mit dem Händi anzuringen.

In Erfurt gab´s heut im Gutenberg-Gymnasium einen gigantischen Amoklauf:
18 Tote. Der 19-jährige Robert St. Hatte einfach um sich geschossen!

Samstag, 27. April

Verhangen

Das Frühstück machte mir nicht so viel Spaß, weil alle so durcheinandergackerten. Rehlein litt in Frau Giquels Aura an Loggoröh wie der Pastor Fliege, indem sie sich keine Luftlöcher im dichten Gewebe ihrer Worte genehmigte.

Alles was man anbringen wollte, ging unter wie im Ausguß.

Zu Beginn des Frühstücks passierte Rehlein eine leichte Peinlichkeit, und meine kleine Mama tat mir so leid!

Rehlein wollte auf eine süße mütterliche Art ein bißchen mit mir angeben und frug animierend, wie es damals wohl gewesen sei beim Psychiater?

Ich wußte es aber nicht mehr, und Rehlein hatte mein Anekdötchen in dem Moment auch vergessen, so daß nurmehr ein Anekdötchengerüst übrigblieb, indem Rehlein erzählte, daß der Psychiater nur still dasaß und in sich hineinschmunzelte.

Doch wenn man nicht weiß, über was, kann man eigentlich nur Rosa Sprongl zitieren:... „bleibt das Vergnügen gedämpft."

Wobei wir nun bei Rosa Sprongl wären: Einer betagten, wenn nicht gar bereits verstorbenen Komponistenwitwe die es verdient, ein bißchen besser unter das Okular der Erinnerungen geschoben und beleuchtet zu werden:

Fädeln wir die Geschichte zunächst von hinten ein: Nachdem die Omi Mobbl im Sommer 1999 verstorben war, suchte der Opa etwas Trost darin, alte verstaubte Bekannte anzurufen, um sie über das Unfaßbare in Kenntnis zu setzen. So auch die Wittib Rosa Sprongl, mit der man sich im Rahmen einer Ehepaar-Befreundung in mittleren Jahren befreundet hatte.

Nach dem allzufrühen Tode ihres Norberts (1892 – 1983) war der Kontakt zunächst eingeschnurrt, später eingeschlummert, und nach all den Jahren reagierte das freudlose alte Hefegestell auf Mobblns Ableben lediglich mit Worten dergestalt, sie sei nun so alt, und man möge die Telefonate bei ihr nun bitte einstellen...und dies, nachdem man acht Jahre nichts voneinander gehört hatte! Eine Ernüchterung für den gefühlvollen Opa, zumal er sich mit der Rosa eine Weile lang auf kameradschaftliche Weise brieflich duelliert hatte.

Die Rosa hatte wenig Sinn für Humor, und als der Opa einst meine lustigen Zeichnungen auf meinen Briefkuverten zu einem kleinen Büchlein verarbeitet, und der Rosa zum Gaudium zugeschickt hatte, schrieb sie lediglich zurück:

Die Enkelin scheint die ironische Ader des Großvaters geerbt zu haben. Da ich jedoch nicht weiß, auf was diese Ironien anspielen, bleibt das Vergnügen gedämpft.

Und über Opas köstliche Gedichte schrieb sie:

Ich schreibe ebenfalls Gedichte. Meine Gedichte sind nicht lustig, dafür aber wahr.

Und dann schickte sie einen Klagegesang in Form eines ausufernden Reimeslappen über die Menschheit, da sie der Meinung war, daß es der Mensch nicht einsehen wolle, daß es jemanden gäbe, der über ihm steht.

Oh Mensch, warum willst Du nicht einsehen, daß nicht Du Herrscher über das Universum, sowohl Himmel als auch Erde bist....

Die Reimzeilen waren derart lang, daß man am Ende der Zeile nicht mehr gemerkt hat, daß sich das letzte Wort auf das letzte Wort der vorhergehenden Zeile reimen soll.

Als Opa und Mobbl das Ehepaar kennenlernten, war der große Komponist Norbert Sprongl bereits hochbetagt, und wackelte sehr am Rande des Grabes.

Die Omi Mobbl durfte ihn manchmal füttern, und bei dieser Gelegenheit versuchte er, die Mobbi zu küssen! Früher galt er als Hagestolz. Er pflegte in einer schmucklosen Kantine zu speisen, weil es ihn so rasch als möglich wieder an den heimischen Schreibtisch zog, zumal einem großen Komponisten beständig Melodien durchs Haupt schweben und schwappen die niedergeschrieben werden möchten. Doch die Freunde lagen ihm damit in den Ohren, sich eine Frau zu suchen. „Die lebenden Wärmflaschen sind immer noch die besten!" so hieß es, und „es muß ja nichts Besonderes sein. Die Hauptsache, sie bekocht Dich anständig!"

Und so entschied er sich für die Bedienerin in der Küche, eine an ein Karnickel erinnernde Dame, deren empört in die Welt gerichtetes kleines Näschen vor Empörung und Unverständnis ständig zu vibrieren schien...

Als der Norbert im Jahre 1983 heimgeholt wurde, fuhr die Witwe nach Brasilien, um mit Hilfe eines Geistheilers Kontakt zu dem Verstorbenen aufzunehmen. Im Jenseits sprach der Norbert nur noch auf englisch, und ließ ausrichten, daß sich die Rosa im Winter warm anziehen, und auch darüber hinaus

gut auf ihre Gesundheit achten möge. Getröstet und
gestärkt trat die alte Dame die lange Heimreise an.

Nach dem Frühstück galt´s, Frau Giquel
angemessen zu verabschieden. Sie gedachte, sich
einen einsamen Tag in Wien zu gönnen, um Rehleins
Erzählgeschosse in aller Ruhe zu verarbeiten.
Das Stimmgewirr, wann wohl wie und wo, welche
U-Bahn wohin zu nehmen sei, dröhnte mir um den
Kopf herum.

Zur Mittagsstund hüpfte Rehlein in Mings GIGI-
Pullover in einem Blumenbeet herum. Einem
Pullover, den Gerswinds Tante Bit-Bit einst als
Symbol der Unzertrennlichkeit zwischen Iwan &
Gerswind gestrickt hatte. In großen weißen Lettern
steht GIGI auf himmelblauem Untergrund.

Man sah nur Rehleins Beine und das Rückenrund
im Blumenbeet, so daß sie von hinten ausschaute wie
ein überdimensionaler Käfer.

Zur Zeit führe ich ein Rentnerleben.
Ein bißchen beneide ich mich ja selber, denn die
meisten Rentner haben gesundheitliche Molesten,
die ihnen das Rentenleben trüben: Zucker und
Inkontinenz beispielsweise, und bloß ich bin noch
ganz gesund.

Auf der Kalgasse klebte eine Schnecke mit Haus,
und ich erzählte Rehlein im Geiste wie eine 4-jährige:
„Ich bin unterwegs einer Schnecke begegnet!"

Doch ich begegnete noch ganz anderen:
Den Poppingers mit einer Horde an Gästen.

Telefonat mit Onkel Dölein:
Der Onkel steckt derzeit in Reisefieber und Vorbereitungsstress, da seine beiden blutjungen Kinder (20 und 22 Jahre alt) demnächst nach Paris reisen. Ihre erste große Reise nach Europa ohne Begleitung der Erwachsenen. Aufregend für einen alternden Vater.

Beim Abendessen erzählte ich von der 98-jährigen Oma der Familie Galič, die nach einem Konzert im Jahre 1995 zu mir gesagt hat:
„Ich wünsche Ihnen ganz ganz viele Babys!" weil es ihr altersbedingt bereits entfallen war, daß sie soeben ein Konzert gehört hatte, und sie mich in meinem schönen Kleid für eine Braut hielt.
Ob die wohl noch lebt?
Die uralte Omi flog mal die Treppe hinab und brach sich sämtliche Knochen die man überhaupt nur brechen kann. Sie wurde von Kopf bis Fuß eingegipst, und wackelte dann eine Weile als Gipspastete durch´s Leben, bevor es ihr dann gottlob wieder besser ging – so der letzte Stand der Dinge gegen Ende 1995.

Sonntag, 28. April

Wunderschön. Zarte Zefirwinde.
Französisches Picknickwetter

Ich erlebte eine Freude in jener Form, daß Rehlein mich heut wachgebusselt hat!

Beim Frühstück erzählte Rehlein plastisch aus ihrer Kindheit:
Sie befand sich mit dem Opa und ihren Brüdern auf einem Ausflug auf dem Fahrrad. Der Opa schob Rehleins Rad, weil Rehlein doch erst elf Jahre alt war.
Dann entschied der besorgte Opa, daß das zu viel für Rehlein sei: Rehlein solle mit dem Zug nach Kempten im Allgäu fahren, und er und Rehleins Brüder, so brüstete sich der Opa, seien fast so schnell wie die Eisenbahn, und könnten Rehlein hernach am Bahnhof abholen.
Rehlein stieg aber aus Versehen in Kempten-Ost aus, und strandete auf einem abgelegenen Rangierbahnhof. Alleine in der Einöde hatte Rehlein keine Ahnung, ob sie ihren Vater und ihre Brüder wohl jemals wiedersehen würde?
Rehlein fuhr auf ihrem Radl herum, es wurde dunkel, und nur durch größten Zufall traf Rehlein den Opa wieder. Dem Opa perlten Schweißtropfen über die Stirne, denn was wäre bloß gewesen, wenn er das Beste, das er in seinem Leben gemacht hat – Rehlein – verloren hätte?

Nach diesem kurzen Abtauchen in alte Jahre, galt´s nun den Televisor einzuschalten, da es Sonntags immer so schöne Klassiksendungen zu begrüßen gibt, und wir doch vom Fach sind.

Ravels Tzigane stand auf dem Programm.

Auf dem Bildschirm leuchtete die junge Geigerin Julia Fischer auf. Die bajuwarische Maid mit der beachtenswerten Oberweite, von der dem interessierten Betrachter gar ein Ansatz dargeboten wurde, und die gar nicht so recht zu ihrem zierlichen Wesen zu passen schien, stand in frühlingshaftem Liebreiz auf der Bühne. Bald schon setzte sie den Bogen an und legte los. Es schaute aus, als würde erwartet, daß ihr der Dirigent nach der Darbietung einen gefalteten 50 €uro-Schein in den Ausschnitt stopft?

Während des Geigensolos zu Beginn bescherzte ich Ming damit, wie das jetzt wohl wäre, wenn Michael Kühn am Pult des Dirigenten stünde?

Angesichts des heiseren, überfrachteten Solos hätte er doch womöglich völlig die Orientierung verloren, wann er denn nun den Einsatz geben solle?

In konvulsivischen Ratlosigkeitszuckungen würde er an seinem Pult herumkasperln, hektisch in den Noten blättern – zweimal presst er sein Gesicht auf die Notenblätter, um auf hibbelige Weise seine Kurzsichtigkeit zu demonstrieren....

Jetzt aber applaudierte das Essener Publikum und man sah dem Meer an graumelierten Häuptern an, daß Dinge wie beispielsweise „Hervorragend!" und „...und alles auswendig!" gedacht wurden.

In der Küche stand Rehleins schöner Käsekuchen, und schaute rehleingemäß so <u>künstlerisch</u> aus. Hi und da dachte ich fassungslos, daß ich heut in einer Woche schon auf Langeoog sei, und wenn man in Ofenbach in der Küche steht, so kommt es einem vor, als sei's der am weitesten entfernte Ort auf der ganzen Welt!

Der Herwig, der im Laufe des Tages als Gast bei uns auftauchte, hat leider wieder so eine trübsinnige Stimmung verbreitet – so wie jemand, der sich geelendet und grantig anfühlt, und einfach nichts dagegen machen <u>kann</u>, obwohl er doch so gerne fröhlich wäre wie die anderen auch.

Er mag sich so gefühlt haben, wie vielleicht ein pubertierender Jüngling, der gegen seinen Willen in einen Anzug gesteckt wurde, in dem er sich ganz depersonalisiert fühlt, bloß daß der „Anzug" in diesem Falle Herwigs sterbliche Hülle selber ist?

Unser anderer Gast, der Axel, hatte heut zwei Bratschen dabei, von denen es hieß, er wolle sie auf Bratschenausprobierungsbasis vorführen.

Axel und Herwig unterhielten sich fachlich versiert über die Mißstände auf dem Musikmarket.

„So an Bleeeedsinn!" sagte der Herwig gerad grantig über irgendwas, als ich mal an den Herren vorbeistürmte.

Durch die Augen von der Frau Giquel mitbetrachtet fand Rehlein die „Lindenstraße", ansonsten der Höhepunkt in unserem Leben, plötzlich so unerträglich, und genierte sich dafür, wertvolle Lebenszeit mit dererlei zu veruntreuen.

Montag, 29. April

z.T. schön sonnig. Dann wieder blass bewölkt

Schon vor acht klingelte es an der Tür.
Eine Unverschämtheit!
Ein dicker Mann lehnte am Gatter, und mein Schweiß tritt bei einem derartigen Anblick natürlich immer sofort zu*vor*, weil ich gleich denk, es sei jemand von der Schandarmerie, der uns die betrübliche Meldung machen muß, daß Ming tödlich verunglückt sei.
Es war aber bloß ein gewisser Jemand, der den Strom ablesen wollte, und dabei ist das achtsame süßeste Rehlein doch schon vor langem auf Ökostrom umgestiegen.

Wenn man endlich alle morgendlichen Lästigkeiten wie joggen, duschen, Spülmaschine ausräumen hinter sich gebracht hat, und sich endlich ein paar genüssliche Minuten im grünen Sorgenstuhl gönnen möchte, krümelt Rehlein mit einem besorgt und angestrengt nach Vorne blickendem Ausdruck im Haushalt herum.
„Bei Rehlein nervt´s mich, wenn sie im Haushalt rumwurstelt, beim Buz nervt´s mich, wenn er *nicht* im Haushalt rumwurstelt, wo soll das bloß hin-

führen?" dachte ich unfroh und besserungsgelobend über mich selber.

Frau Hartl hatte mich um einen nachbarschaftlichen Gefallen gebeten. Es ist/war nämlich so: Die eine Stute wurde unlängst besamt, doch als der Tierarzt einen Ultraschall gemacht hat, hat er bemerken müssen, daß sich leider keine Frucht gebildet hat!
„Wie kann das nur möglich sein?" murmelte er betreten, „habe ich am Ende fehlbesamt??" Und die Besamungsflüssigkeit von einem höchst edlen Turnierpferd war doch so teuer! Man war verzweifelt....1900 €uro einfach in den Sand gesetzt! Jetzt hat Frau Hartl neue Besamungsflüssigkeit aus Norddeutschland bestellt, die der Tierarzt bei uns hätte abholen können, wenn ich nicht gesagt hätte, daß wir morgen den ganzen Tag in Wien sind.

Was aber, wenn der dumme Tierarzt die falsche Stute besamt? Die des Nachbarn? Und über´s Jahr soll nun mitten in Ofenbach ein kleines Pferdchen geboren werden, das einen norddeutschen Vater hat, den es nach menschlichem Ermessen niemals kennenlernen wird? Da tritt doch zornentbrannt das Pferdeamt auf den Plan?

Und doch hätte ich Frau Hartl, die in so viel freudiger Hoffnung zu uns gekommen war, so gerne etwas besser geholfen.

Frau Giquel erzählte von ihrem Vater, der Strauß-Walzer über alles liebte. Aber ihre Mutter sagte über die herrliche Musik einmal gefühlsroh: „Was sind denn das für Schnulzen?"

Da ergriff Rehlein Partei für die verstorbene Mutter, statt zustimmende Worte zu machen, daß eine solch unkultürliche Äußerung doch einfach furchtbar sei! Ähnelnd Opas Jünger Böhmert, der einmal Partei für den prügelnden Ehemann seiner großen Liebe ergriff, wie ich nun ein Zurechtweisungsbeispiel zur Hand nahm, und detailliert schilderte:

„Ihm fehlten die Worte, drum ließ er die Fäuste sprechen" gab sich der Böhmert als weiser und verständnisvoller Psychologe von geradezu übermenschlicher Güte, und dabei hatte ausgerechnet dieser Mann, ein roher Serbe, der die Fäuste sprechen ließ, ihm einst die Freundin ausgespannt...

Ich schrieb ein Brieflein an meine Freundin Simone:

Zur Zeit haben wir Besuch aus Paris. Eine Dame, die einst eine leidenschaftliche Affäre mit meinem Papa hatte.

Unfaßbar natürlich, wenn Frau Giquel diesen Passus auf dem lose daliegenden Blatt gelesen hätte!

Zusammen mit unserem Gast besuchten wir den Türkensturz:

Auf einem Schild steht zu lesen: „15 Gehminuten bis zum Türkensturz". Doch in Wirklichkeit dauert es ab diesem Schild höchstens drei Minuten bis man dort hingelangt, und es steckt womöglich ein boshafter Plan dahinter: Sollte man die Worte ernst nehmen, und 15 Minuten lang stringenten oder zumindest federnden Schrittes mit nach vorn gerichtetem Blick geradeaus laufen, stürzt man bald schon in die Tiefe, so wie einst die Türken.

Wehmütig erinnerte ich mich daran, daß die Omi Mobbl früher auch immer mal mit auf dem Türkensturz war, und heute sind die Großeltern nur noch Historie.

Von oben konnte man ein kleines Bimmelbähnle herbeifahren sehen, und von der Ferne sah´s aus wie ein Wurm! Ich mußte daran denken, daß der Opa einst auf dem Fahrrad fast genau so schnell war wie die Eisenbahn. Damals schnaufte die Eisenbahn dampfbetrieben, und der Opa war noch jung.

Der Opa nahm auf seinem Radl immer zwei von seinen drei kleinen Kindern mit – eines vorn und eines hinten, - und nach dem Rotationsprinzip mußte eines daheim bei der Mutti bleiben, und war ihren Launen erbarmungslos ausgeliefert.

Auf dem Heimweg schaute eine Stelle mit schlanken langen Bäumen aus wie eine durch´s Mikroskop betrachtete Kopfoberfläche.

Ming hatte nach der Lektüre seines Physikbuches verkünden können, daß die Sonne nurmehr fünf Milliarden Jahre lang glüht, und dann ist alles aus.

Ming war´s arg um die vielen Gedichte, Streichquartette, Gemälde und Symphonien die es gibt, und ich dachte sogar an meine Tagebücher.

Abends klingelte es an der Türe:
Ein listiger Mann mit einem dunklen Auto wollte Ming dazu anwerben, Staubsaugervertreter zu werden, so daß Ming mit einem Visitenkärtchen, und der Aufgabe, sich dies alles durch den Kopf gehen zu lassen, zurückkehrte.

Dienstag, 30. April

z.T. wunderschön

Als ich in der Früh´ zum joggen aufbrach, hatte das geheimnisvolle Wolkenwetter so einen glanzvollen, leuchtenden Sonnenstich.
Ich hurtelte im Rahmen meiner Möglichkeiten durch ein munteres Vogelkonzert.

Ich wurde so müde, daß ich mich in meiner sterblichen Hülle angefühlt habe, wie in einem Glaskäfig der ganz beschlagen ist, so daß man nicht mehr hinausschauen kann und mag.

Etwas unhöflich von mir ist derzeit, daß ich beim Frühstück dauernd die drei bunten „Lockenhäuser Krämerspiegel"*, die bei uns herumliegen, zeitungsartig auseinanderfalte, und mich somit vom Geplauder der Damen absorbiere.

*Ein originelles Journal, das Gidon Kremer herausgegeben hat: Die Musiker seines Festivals in

Lockenhaus sollten ihm ihre schlechtesten Kritiken zuschicken, und die sind dort nun abgedruckt, und johlendem Gelächter preisgegeben (oder auch nicht)

Über den Gidon selber schrieb ein Kritiker so köstlich:
„Gidon Kremer scheint zwar in Punkto Gefühl bei Meister Oistrach wacker aufgepasst zu haben, in den Fächern „saubere Intonation" und „sichere Bogenführung" scheint er jedoch einige Stunden geschwänzt zu haben".

Rehlein erzählte stolz von meinen Kirchenkonzerten, und wir erfuhren, daß Frau Giquels Tochter Steffi, eine Frau mit einer großen, höchst interessant gebogenen Nase auf der ein ovalgläsiger Zwicker sitzt, und Ohren, die durch die halblange, seidenfeine Frisur hindurchblicken, im Prinzip das Selbe macht wie ich: Während ich mit meinem Violinspiel Kirchen beschalle und Senioren glücklich mache, stellt die Steffi ihre Sprachkenntnisse bei Messen zur Verfügung, und gewährt einen reibungslosen Ablauf der Kommunikation.

Ich las den Krämerspiegel weiter:
Ein Rechtsanwalt hatte sich nach Art von Herrn Adam die Mühe gemacht, das alberne Kremer-Buch eines Wolf-Eberhard von Lewinski (ein lachhaftes Buch. Geschrieben von einem hündchenhaft devoten Anbeter und Bewunderer des sonderbaren Geigers) kritisch auseinanderzupflücken.

29 kritische Seiten wurden´s, und ich wurde nicht schlau draus, mit welcher Absicht Gidon Kremer diesen Artikel eingestellt hat?

Daß man vielleicht über die Simplizität einfacher Gemüter, in diesem Falle des Rechtsanwalts, schmunzeln möge?

Ich fand´s so rührend, daß sich jemand die Mühe gemacht hat, ehrenamtlich ein saublödes Buch kritisch auseinanderzupflücken!

An einer Stelle schrieb er neben das Gefasel Wolf-Eberhard v.L.s :

"Solch substanzloses Geschwätz muß erbarmungslos gestrichen werden!"

Ming wollte heut mit den beiden Damen nach Wien fahren, während ich mich für den Coiffeur zurechtsattelte und es mir schwerfiel, loszukommen.

Dauernd werde ich vom Gefühl gepeinigt, der Abschied sei nicht herzlich genug gewesen, und nun steht man mit gerupften seelischen Gefühlen da – vor einem die nackte, kalte, rauhe und einsame Welt, wo man für niemanden mehr von gesteigertem Interesse ist.

„Adieu, süßester Ming!" rief ich die Ashramstreppe hinauf. Ming kam auch herab, um ein paar belehrende Worte darüber zu machen, daß man es nicht übertreiben möge, und wir <u>ha</u>ben uns schon ♥lich genug verabschiedet! (sagte Ming)

Worte, die bei mir auf fruchtbaren Boden fielen, und in der Garage kämpfte ich sogar nochmals mit mir, ob ich Ming wohl ein letztes mal aufsuche und darüber anpsychologisiere, daß ich zuerst darunter litt, daß der Abschied nicht herzlich genug war, und dann darunter, daß er vielleicht zu über<u>trie</u>ben herzlich war?

Doch ich verkniff mir dies befremdlich´ Tun, und radelte auf Rehleins Radl nach Frohsdorf zum Frisör.

Mai 2002

Mittwoch, 1. Mai

Wunderschönes Picknickwetter

Frau Giquel pflegt früh zu Bett zu gehen, und morgens auszuschlafen, so daß man, wie bei Senioren üblich, morgens stets ein bißchen damit rechnen muß, sie sei in der Nacht verstorben.

Dann trat sie aber doch an Land, und zum ersten Mal in dieser Saison frühstückten wir außen auf der großen Terrasse, so daß ich direkt wieder an jene Zeiten erinnert wurde, als der Opa noch da, und unser Leben noch schön war.

Zuerst frühstückten Ming und ich so vor uns hin.

Ich sprach über Beerdigungen, die so erschreckend teuer seien – ungefähr so teuer wie zehn Klavierabende von Spitzenpianisten – und ob´s vielleicht ratsam sei, bei unserer nächsten Beerdigung Eintritt zu nehmen, so wie es der Onkel Rainer womöglich zum Ableben seiner Frau Sharyn plant?

Dann befrug ich Ming über das gestrige Theaterstück „Glückliche Tage" von Samuel Beckett.

Ming erzählte sehr plastisch von dem knutschenden Liebespaar im Publikum, das den Unmut einer älteren Dame erregt hat.

Die Seniorin sagte: "Geht's auch leiser? – Wir sind hier im Theater!"

Theoretisch hätte Ming da zu der alten Dame zischend und laut hinflüstern können:

"Geh loussen´s doch die jungen Leut! Sie waren doch auch amal jung!" und man hätte einen lustigen

Loriot-Sketsch drumrumranken können, *indem sich ein Partei-er- oder entgreifungsfieber im ganzen Saal ausbreitet, bis der ganze Saal laut zischend zwiderborstig herumflüstert.*

Leider habe ich zur Frau Giquel nicht so ganz den Draht gefunden.

Etwas, das sich darin niederschlug, daß ich bei den Spaziergängen nie als Plaudertasche zu *ihr* hingezogen wurde, wenn sich die Parteien fanden... nun aber erzählte ich von der Hochschule:

Vom Prof. Kebap, der sich über die vielen Ausländer grämt:

Wenn der Professor morgens im Hörsaal heftig und sauertöpfisch sagt:

"...vorallendingen wäre ich jetzt froh, wenn mal jemand die Türe schließen würde!" blättern die Asiaten emsig in ihrem Wörterbuch unter F, was wohl „fallendingen" heißt? Und der Professor fühlt sich somit an, wie ein Klavierprofessor, der nur einfingrige Studenten hat.

Dann modulierte ich zum Vorgänger von Herrn Kebap hin: Herrn Scherließ, dem ich in den späten achtziger Jahren immer eine Mozart-Kugel auf's Pult legte, obwohl er doch ständig Anlauf zu einer längst fälligen Diät nahm!

Also stürmte er morgens um acht ohne gefrühstückt zu haben aus dem Hause, um sich nicht in Versuchung bringen zu lassen. Doch durch die Mozartkugel auf seinem Pult wurde die Diät immer gleich torpediert.

Um elf Uhr freute man sich auf das traditionelle Europa-Konzert der Berliner Philharmoniker, das diesmal vom dünngewordenen krebskranken Claudio Abbado geleitet wurde, der so klapprig ausschaute, als habe man sein Gebein extra für dieses Konzert nochmals an einer Schnur aus dem Sarg gezogen.

Leider hat es sich eingebürgert, daß man als „Jemand vom Fach" der Overtüre nur noch sein halbes Ohr schenkt, denn Ming hatte Zündhölzchen auf dem Tische ausgebreitet und zu einem Gebilde zusammengelegt, auf daß wir Damen uns über ein Rätsel jener Art, daß sich durch das Umlegen zweier Hölzchen drei Dreiecke bilden, den Kopf zerbrechen sollten.

Die ganze Bandbreite meiner behäbigen Mittelmäßigkeit schlug sich nun darin nieder, daß auch ich es nicht zu lösen vermochte.

Behäbig saß ich im Sorgenstuhl und lauschte dem Solisten Gil Shaham, der ausgezeichnet das Violinkonzert von Brahms darbot. D.h. ausgezeichnet klangen nur die beiden Ecksätze, und der schöne langsame Satz klang direkt schroff!

Gegen Ende des ersten Satzes schwitzte der ebenfalls dünn-eingefallen und kränklich ausschauende Gil derart, daß ganze Bäche an Schweiß den kostbaren Lack seiner Stradivari besudelten.

Außerdem „arbeitete" er noch mehr mit dem Munde als Buz, und zuweilen sah es aus, als wolle er zusätzlich zu seinem virtuosen Geigenspiel auch noch auf einer unsichtbaren Trompete blasen.

Während der Kadenz dachte ich darüber nach, ob es dem Abbado als eiligem Dirigenten wohl um die Zeit schade sei? Ob er sein Händi wohl so eingestellt hat, daß es genau während dieser Zeit klingelt?
(„Da habe ich vier Minuten lang Zeit")
Dann hört man vielleicht, wie er redet.
„Ja ja ja ja ja ja," sagt er, so wie der Poppi, wenn er einst mit dem Opa sprach.

Nach dem Europa-Konzert bewehte mich das Gefühl, es würde vielleicht irgendetwas unternommen? Ein Abschieds- bzw. Mai-Picknick vielleicht? Doch man hing nur wartend, und somit lungernd herum, und in mir flackerte doch das zermürbende Gefühl, daß man die Zeit nutzen müsse! Also übte ich auf meiner Violine.
Beim Üben nagte es an mir, daß ich die Zeit so ungut genutzt habe. Wann hab ich schon mal Anteil an Mings Klavierspiel genommen? Und nun saß die Frau Giquel auf der Terrasse, und statt noch schnell an ihr herumzugenießen, übte ich bloß.
Hi und da sah man Rehlein vorbeihuschen.

Mittags gab´s ein köstliches Zwirbelnudelgericht, und hernach machten wir einen erfüllenden Spaziergang: Den Hügel hinan zur Kapelle, die in einem kleinen Friedhof steht - mit seinen vielen Jüngstverstorbenen, die als Erinnerungen, leicht wie Luft, auf Erden verblieben sind.
"Wie geht´s dir so allweil?" sagte ich zum Ilslein in ihrem Grabe.

*Ilslein: Opas schwäbischer Kusine, die einst der Liebe wegen in Niederösterreich strandete. Auf ihrem 80. Geburtstag im August 1993 war sie leider schon leicht verkalkt, und sagte nurmehr und hinzu einige Male: „Und wie geht´s Dir so allweil?" zu mir.

An der Friedhofsmauer saßen zwei behelmte Radler auf einer Bank, und wir gesellten uns zu ihnen. Ming büffelte französisch, und Frau Giquel freute sich sehr darüber, Ming helfen zu können, und man hörte sie in ihrem geöltesten Französisch parlieren, in welchem sie Ming pädagogisch regelrecht *stützte*. Ein Französisch, das sich für das französische Ohr ausnehmen mag, wie das Amerikanisch vom Beätchen für das amerikanische Ohr? (Rührend)

Vor unserem Haus trafen wir die Vitzthums im Auto. Der Georg schaute nach dem Ärger, von dem man ärgerlicherweise heimgesucht worden war, ganz gelb und regelrecht gerupft aus, (ein Rohrbruch!) und um ihm etwas Abwechslung vom Ärgern zu verschaffen, gelobten wir am Abend zu Besuch zu kommen.

Bald mußte man sich bereits zum Flughafen sputen.

Ich saß vorn im Auto neben Ming, und griff mir eines der lose daliegenden lesezeichenartigen Programme vom gestrigen Theaterstück. Wieder frug ich Ming interessiert über das Spektakel aus.

„War es eine K̲o̲mödie oder eine T̲r̲agödie?" wollte ich wissen.

Ming meinte, es war weder das Eine noch das Andere. „Es war eine Ödie", sagte er humorvoll, und interessiert las ich den Text über das in seiner Beweglichkeit stark eingeschränkte Ehepaar Willi und Winnie, das von der Regie zu einem großen Teil in Sand eingebuddelt worden war, so daß ich es direkt bildhaft vor mir sehen konnte, indem ich nämlich nur die Köpfe sah.

Ich frug die Frau Giquel, ob ich ihr zum Abschied ein Bild malen dürfe, und malte es auf die Rückseite des lesezeichenartigen, schmalen Papierstreifen.

„Für die liebe Frau Giquel von Franziska" schrieb ich in großer ernsthafter Kinderschrift dazu, und malte auch noch Bilder für Ming und Rehlein – mich dabei fühlend wie die fünfjährige Feli in Rottweil.

"Die sind später nämlich Millionen wert!" sagte ich wie ein ernsthaftes kleines Kind. Dann verfiel ich in einen Schlummer, und wachte am Flughafen wieder auf. Im Flughafengebäude fühlte ich mich dem vorangegangenen Schlummer geschuldet höchst benommen, aber nicht unfroh.

Sehr herzlich verabschiedeten wir uns von unserer lieben Freundin Frau Giquel und fuhren wieder heim.

Bald darauf waren wir wieder zuhause.

Ich setzte mich auf die Terrassenstiege, dichtete bei schönstem Wetter, und fühlte mich so getrieben, weil ich doch eigentlich so viel vorhabe im Leben. D.h. ich dichtete, und fühlte mich währenddessen doch an, als käme ich nicht vom Fleck.

Der süße Ming, der um 18 Uhr einen Termin bei Renate Poppinger hatte schlug vor, mit mir einen Satz von der Fauré-Sonate zu interpretieren, und so spielten wir den 1. Satz, und Rehlein hörte uns zu.

Ming war bereits in Eile, dieweil er doch gedanklich schon mit einem Bein bei Poppingers stak. Demgemäß reagierte er auch leicht erunwirscht auf Rehleins Frage, ob wir wohl bei Poppingers vorzuspielen gedächten? obwohl er eigentlich kein Recht dazu hatte, unwirsch zu sein.

„Wir wollten schon vor einer halben Stunde spielen, aber da mußte die Kika ja unbedingt Tagebuch schreiben!" erklärte Ming, und Rehlein tippte sich mit einem entsetzten Blick zu mir dreimal an die Stirn.

Als ich schließlich im Wald joggte, war der rötliche Glanz der Abendsonne schon ein ganz klein wenig abgemattet.

Von der Ferne sah man unser Haus leuchten, und mir schien, als leuchte Rehleins Licht, und ich wurde von einer so großen Wärme erfaßt, und liebte meine süße Mama, die Frau des Jahrtausends, mehr als alles andere auf der Welt!

Donnerstag, 2. Mai
Ofenbach – Wörth a.d. Donau

Zuerst schön, doch als ich losfuhr,
wurde es dunstig und neblig

Als ich vor zirka (knapp) vier Wochen hier ankam, hatte ich mir so fest vorgenommen, diese kostbare Zeit und die Freude, daß alles noch vor mir liegt, ganz fest in beide Hände zu nehmen und zu genießen - und schon ist mein bißchen Glück wieder zerronnen.

Ming saß in der Küche, aß ein großes Hochglanznutellabrot und erzählte, daß es *ihm* mit der Schule so ginge, wie mir mit dem Tagebuch – er könne keinen Tag aussetzen.

Die Meisten in Mings Klasse sind jedoch faul, und zuweilen ist Ming der einzige Schüler im Kurs, so daß er sich mit dem Lehrer bereits persönlich angefreundet, und auf´s vertrauliche „Du" geeinigt hatte.

Viel Genuß an Ming hatte ich nicht, da es den Strebsamen stringent weiterzog, doch unser Abschied war sehr herzlich.

Bei uns lag der *Spiegel* mit dem Titelthema „Tod in der Schule" herum.
(Ein brisantes Thema unserer Zeit.)
Zuerst sprach ich davon, daß ich das Stoiber-Interview weiterlesen müsse, und Rehlein freute sich

so süß, daß ich politisch vielleicht ein bißchen erwache?

An diesem Interview hatte ich gestern abend schon lustlos herumgemümmelt, und den Satz vom Stoiber „Alle Menschen ändern sich" fand ich so geistlos.

Ebenso gut könnte man sagen: „Neujahrskarten sind Tradition!" Etwas, was jeder weiß, oder auch nicht. Die meisten Menschen ändern sich nämlich lediglich dahingehend, daß sie durch die Mühlen der vier Jahreszeiten des Lebens gedrechselt werden: Zunächst eine gelungene, später eine ernstzunehmende, hernach, im Herbst, eine bedenkliche, und im Winter des Lebens schließlich eine *unerträgliche* Mischung seiner Eltern.

Naaaain! Dies stimmt wohl auch nicht. Viele ändern sich zu ihren Gunsten. Dies müsse einmal ganz klar und deutlich ausgesprochen werden! erläuterte ich Rehlein.

„Dies hier ist bestimmt spannender!" sagte ich nach einer Weile, und las Rehlein stattdessen etwas über den verschwundenen Bürgermeister von Röcklingen vor, der hauptsächlich als Elektrovertreter arbeitet(e), und einen dunklen Mercedes fuhr, der gemeinsam mit ihm wie vom Erdboden verschluckt scheint.

Schließlich packte ich für die Reise. Zerknirscht fand ich meine schöne Sonnenbrille, die Rehlein mir geschenkt hat nicht, und fühlte mich so schäbig dabei.

Beinah hätte ich die Konzertschuhe vergessen, weil ich daran üüüberhaupt nicht gedacht hatte!

Rehlein hatte mir nicht nur ein schönes Süppchen gekocht, sondern auch das Leder von meinem Violinkasten gewichst, und ich liebte Rehlein unglaublich!

Dadurch, daß ich ja am 2. Juni bereits wiederzukehren plane, zentrierte ich all meine Vorfreude auf dieses Wiedersehen, das mir zur Stund jedoch in beklemmender, allzuweiter Ferne schien.

Freitag, 3. Mai
Wörth a. D. - Aurich

Verregnet...in Ostfriesland trübe aber trocken.
Die Kirschblüten blühen!

Auf häßliche und regelrecht *bepöbelnde* Weise wurde ich bei meinem morgendlichen Herumgejogge in Wörth von bajuwarischen Hunden bekläfft, und als ich nach einem kurzen Gehoppel auf dem Asphalt in die Natur hineinbog, standen einige Schafe herum. Durch Erfahrung sensibilisiert, rechnete ich unbewußt damit, daß die mich auch anbellen, doch sie wendeten nur ganz stumm den Kopf nach mir um, um mich zu mustern.

Hernach frühstückte ich.

Der dicke Herbergsvati ist immer so rührend bestrebt, es Allen recht zu machen, so daß ich ihn in mein Herz geschlossen habe.

Nachtrag: Dieser arme Herr starb wenig später, 59-jährig, wie eine Parte bei meinem nächsten Besuch verriet

In der Zeitung konnte man lesen, daß der 19-jährige Amokläufer Robert St. in kein gängiges Amokläuferklischée passt:

Am Tag des Amoklaufs wünschte ihm seine Mutti noch viel Glück bei den Abitursprüfungen, ohne zu wissen, daß der Herr Sohn schon vor fünf Monaten aus der Schule geflogen war!

Letzte Woche noch hatte er seinem Bruder Peter ein schönes Geschenk zu dessen 25. Geburtstag gemacht: Einen bebilderten Bildband (natürlich!), sorgsam und mit viel Liebe ausgesucht.

Wie man jetzt weiß, hatte er es bei seinem Amoklauf gezielt auf die Erwachsenen abgesehen, denn seinen Klassenkameraden schickte er SMSs mit der Botschaft, daß sie heute nicht in die Schule kommen sollen.

Das Frühstück, Brezeln und längliche Brötchen mundete mir unglaublich.

Dann las ich noch die Todesanzeigen:

Gestorben ist u.a. nach langer Krankheit der erst 11-jährige Armin!

Um Punkt acht Uhr begab ich mich auf den Weg nach Ostfriesland.

Nach jeder Stunde Fahrt gönnte ich mir eine Rast.

Auf einer Bank schrieb ich dem 3. Mai 1992 aus meinem Tempus ins Reine, und lies das Blatt mit den Originaleinträgen einfach liegen, weil ich den Gedanken so bewegend fand, irgendjemand fände einen Zettel, worauf zu lesen steht, was irgendwo auf der Welt genau heut vor zehn Jahren passiert ist.

Die ganze Zeit über lief das Radio.

Einmal spielte Bruno-Leonardo Gelber hervorragend eine Beethoven-Sonate, und der Sprecher sagte „Gelbäääär", so wie einst der Vater von Walter Kempowski nach dem Tischgebet „Ameeeen" gesagt hat.

Dann hörte ich etwas, das mich begeisterte: „Finnlandia" von Sibelius und Schumann´s 4. Symphonie – hernach das einseitig schroffe Violinkonzert von Ned Rorem, interpretiert von Gidon Kremer, und als ich mal zehn Minuten lang nicht daran herumgehört hab, sondern meinen Gedanken nachhing, lief plötzlich ein so russisch klingendes, bombastisches Werk das, einmal angehoben habend, kein Ende mehr zu finden drohte. Die ganze Zeit klang´s aufdringlich nur nach Schluß. Ein scheußlicher Lärm, den man vielleicht mit dem Messer auf den Asphalt der Autobahn aufträgt, zumal es bei meiner langen Autobahnfahrt heut überall gleich ausschaute. Nach einer Weile machte mich die Musik richtiggehend aggressiv, und dann handelte es sich um Schostakowitschs Siebente! (Einfach entsetzlich.) Doch der Kenner weiß:

Man müsste die Symphonie siebenmal anhören, bis es sich erschließt.

Ein bißchen erinnert eine so lange Autofahrt natürlich auch an „das ganze Leben".

So, wie man in der Jugend vielleicht denken mag, die Jugend währe ewig, so denkt man zu Beginn der Reise beispielsweise, man käme niemals mehr aus Bayern heraus.

Doch dann erreicht man so nach und nach alle Etappen.

Irgendwann blitzt das Schild „Oldenburg" auf, und nach einer Weile hat man dann auch diesen Ort hinter sich gelassen.

Um zirka 19 Uhr 55 fädelte ich mich in die Graf-Enno Straße ein, um Sekunden später anzukommen.

Buzens BMW stand vor dem Hause, und im Musikzimmer brannte Licht. Ich wappnete mich innerlich gegen die Ärgerlichkeit, daß vielleicht die Koreanerin bei uns zu Gast sei? Doch es war der kleine Hendrik, der bei Buzen eine Lektion auf dem Piano abstaubte, und mich so herzlich mit einem Kuß begrüßte!

Und während die Klavierstunde noch tobte, blätterte ich die Post durch.

Allerlei Neues gibt es:

Im Alter von achtzig Jahren starb Optikermeister Karl Breuniger*, wie uns eine Parte verriet, und heute um elf Uhr war er in Künzelsau zu Grabe getragen worden.

*Verwandter vom Opa

Ich telefonierte mit Rehlein und erfuhr, daß die Li-Pi heuer nicht zum Musikalischen Sommer kommen kann: Ihrem Vater geht's sehr schlecht, und ihre Mutti hat Alzheimer*.

Nachtrag 2019: Mutti lebt immer noch – wenn auch auf Sparflamme

Die Veronika hatte Erinnerungsfotos vom Sommer geschickt, und auf einem strahlte die Gloria mit entblößtem Schulterblatt Buz auf Art eines bezaubernden Hascherls breit an. Buz wiederum sieht darauf aus, als sei er vor freudigem Taumel ganz rot geworden, doch dies läge nur an der Belichtung, so Buz.

Samstag, 4. Mai

Leider ganz häßlich. Oftmals lauter Regen.
Nur Nachmittags trocken

Beim Frühstück erzählte Buz in freudigem Stolze vom Jade-Quartett: „Die haben ein Alban-Berg-Quartett hingelegt, daß einem Staunen der Hut hochgegangen ist!" berichtete Buz mit vor Freude glühenden Ohren, und einer von den Stuttgarter Professoren habe gesagt, im Vergleich dazu klänge das Artemis-Quartett regelrecht bieder!

Buz meint, mit den meisten der Studenten würde man so ein Alban-Berg-Quartett nicht hinbekommen.

„Am schlimmsten sind die, die immer meinen, daß sie alles wissen!!" sagte Buz naseweis wie ein verschmitzter Zehnjähriger, der eine Altklugheit von sich gibt.

Quartettprobe mit Ingo und Petra.
„Ich war im Salon Erni!" sagte ich stolz über meine Frisur, so daß sich der gute Ruf des Frohsdorfer Salons in Niederösterreichs heut bis nach Ostfriesland verbreitet hat.

Mittags war mein Hausschlüssel plötzlich abgängig, so daß ich mich seltsam entwurzelt fühlte. Wie in Trance kaufte ich mit düster umwölktem Gemüt zwei Biobröter.

Am Steakhaus traute ich meinen Augen kaum: Dort stand *unser* Bildschirmschoner. Ihm, den man kennt und gleichzeitig nicht kennt, winkte ich freudig zu, und mein Geradel bekam davon einen deutlich sichtbaren Vorwärtsdrall, der auf freudiger Verlegenheit fußte.

In der Pause saßen wir neben dem HIFI-Turm, aus dem Kompositionen von Li-Tai-Xiang herausquollen, und die etwas lahm stimmende romantische Mitternachtsmusik gefiel dem Ingo.
Dazu aßen wir Petras Rhabarber-Kuchen.

Am Abend gab Irina O. im Gulfhof in Driever einen bombastischen Klavierabend – u.a. mit Mussorgskis Bildern einer Ausstellung.

Hausherr Klaus hatte schon in der Vorankündigung zwiefach den Begriff „wonnig" gewählt, und nannte den Mai hinzu auch noch „den Wonnemonat Mai". Nun stellte sich er als Gastgeber vor das Paublikumund sagte skurrile Dinge wie: „Sie werden musikalisch garantiert entlöhnt", und hielt eine hampelige Rede in sehr dick aufgetragenem Humore, mit dem Grundtenor, daß dies ein „internationaler" Klavierabend sei, und dann konnte das Spektakel auch schon beginnen.

Die vasenförmige, leicht schwangerschaftsverbeulte Pianistin mit der neckischen Kurzhaarfrisur trat auf, und auf ihrer einen Wange bildete sich vor Aufregung ein hektisch roter Fleck.

Zuerst spielte sie Mozarts d-moll Fantasie, dann den Mephistowalzer von Liszt. Nach Verebben der musikalischen Schwefelwolke und des Applaussturmes schließlich Rachmaninoffs Corelli-Variationen.

Mutter einer Familie, die sich fern der Heimat eine neue Existenz aufgebaut hatte.

Hernach wurde eine Konzertpause abgehalten.

Herr Rehbock, ein herumschleichender Rentner, der leider nur schwer Kontakt findet, sagte: „Schwere Kost. Aber hervorragend dargeboten...und wie geht´s dem der Rest der Familie?" Doch leider löst Herr Rehbock keinen rechten Plauderschwung aus, so daß man kurzzeitig spürt, wie sich ein Einsilbiger wohl fühlen mag?

„Gut."

Ein matter Stempel ohne Aussagekraft, den man einfach unter eine welke Frage gesetzt hat.

Doch nun tat mir diese Einsilbigkeit leid, weil ich vom Gedanken angesprungen wurde, der einsame Herr Rehbock fände zu niemandem Kontakt. Im Geiste sah ich es vor mir, *wie er nach dem Konzert in seine kalte einsame Wohnung zurückkehrt, aus der sich die Dame des Hauses schon vor einigen Jahren für immer auf den Friedhof verabschiedet hat.*

Und so wie einst nach dem einsamen und scheuen Herrn Heike, schaute ich mich nun suchend nach Herrn Rehbock um, während ich als Jemand, der nach etwas Unbestimmtem sucht, durch den Saal und die Pausengäste geschwemmt wurde.

Doch ich fand ihn nicht mehr, und plauderte stattdessen ein bißchen mit dem Tobias, der Ming als Pianisten deutlich besser findet, als die Pianistin des Abends. „Dös isch schon no ö andere Preisklasse!" sagte er, und das Wörtle „Preis" von schwäbischer Zunge gesprochen, klang wie auf einer Sprachschulungskassette. (Schwäbisch in 30 Tagen.)

(Preis-Leischdungs-Verhältnis)

Nach der Pause berauschten wir uns an den Bildern einer Ausstellung, und ich hörte der Pianistin gerne zu.

Froh und dankbar war ich, daß der Johann direkt nach dem Konzert heimzufahren gedachte und mich mitzunehmen gelobte, doch zunächst wollten wir natürlich noch gratulieren.

Die Pianistin schrieb gerade jenem notorischen Autogrammjäger, der in allen Konzerten auftaucht ein Autogramm, doch da sie unzufrieden mit sich war, hatte sie die Ausstrahlung, als wolle sie so schnell wie möglich nach Hause fahren um dieses, in ihren Sinnen mißratene Konzert so schnell als möglich abzuhaken und zu vergessen.

Hendrik und Evi waren übermütig und jauchzig geworden, und der ganze Saal, in dem sich kleine Plaudergrüppchen gebildet hatten, vibrierte von ihrer jugendlichen Lebenslust.

Die Christiane klebte die ganze Zeit am Tone, und schien sich so gut mit ihm zu verstehen, daß der Johann seinen Vorsatz, sofort nach Hause zu fahren, begraben durfte.

(„Vorerst begraben!" Ein Bestsellertitel.)

Der Tone wird demnächst Zwonkel, erfuhren wir! Seine Schwägerin ist schon so dick und bekommt keine Luft mehr, und wenn die Zwillinge da sind, dann will der Tone gleich zur Stelle sein, putzen und spülen. (Das fand ich so rührend)

Sonntag, 5. Mai
Aurich - Langeoog

Grau, feucht und häßlich

Ergriffen lauschte ich Buzens schönem Brahms-Quartett, an dem er sorgsam herumübte, und dachte mir, ich könne doch auch eine Art „Übanzahlung" leisten, indem ich einfach losübe?

Etwas, was schnell getan ist, und schon hat man 15 Minuten lang geübt! In null komma nichts hatten sich 15 vorbildlich dastehende Übminuten auf meinem Fleißkonto angesammelt, und mir machte es auch nichts aus, gleich eine weitere 15-Minuten Scheiblette hintanzuheften.

Anruf Mings:
Ich warf die Frage auf, ob ich bei den Proben mit dem Herwig wohl von Anfang an eine übertriebene Wiener Grantelstimmung an den Tag legen solle?

Dem Herwig mit dessen eigenen Mitteln beikommen? Ich könnte sauertöpfisch, und mich gleichzeitig unschön aufplusternd auf wienerisch sagen: „Geh, mal wieder a suuper Organisation! (Triefend vor Hohn). Zwoa Proben, und dös wär´s dann? No spüin moas am besten glei vom Bloutt!"

Wie immer: Eine Superorganisation *Hohnlachsmilie*. Zwei Proben, und das war´s dann? Dann spielen wir es doch am besten gleich vom Blatte!

Jemand (ein Hund natürlich) hatte schamlos auf den Gehweg vor unserem Anwesen geschissen, und sowohl Rehleins, als auch Buzens Erbmasse in mir kam zum Zuge:

Rehleins: Ich sah´s schon kommen: Ein eiliger Besucher dappt in den weichen Hundehaufen und verteilt ihn über und über in unserer ganzen Wohnung, und wenn ich Buz darum bitte, aufzupassen, so hört er womöglich gar nicht hin?

Buzens Erbmasse in mir gebot, den Hundehaufen einfach liegen zu lassen („tritt sich fest"), doch dann war´s wiederum Rehleins Erbmasse, daß ich die Schaufel zur Hand nahm, und das ganze Übel durch´s feuchte Gras zum Kompost brachte.

Auch Buz schauderte sich bei der Idee, einer der Besucher könne den Hundehaufen im Haus verteilen, und meinte gar, wenn´s passiere, dann würde die Frau des Besuchers dazu verdonnert, alles gründlich wieder hinwegzuputzen, da Buz als Mann vom alten Schlage meint, daß Ehefrauen voll und ganz für das Tun und Treiben ihres Ehemannes verantwortlich sind.

Einer der Besucher konnte mit zwei Hundekackanekdötchen aus seinem langen Leben aufwarten:

Einmal wollte ihm ein Bekannter seinen neuen Teppich vorführen, und beim Drüberlaufen hatte der Besucher ihn unbeabsichtigt von oben bis unten mit Hundekot eingesaut!

Es war ihm so schrecklich peinlich, und der Besucher war gezwungen, seinen aufkochenden Ärger mit beiden Händen bedeckelt zu halten, da es ja letztendlich höherere Gewalt war!

Ein andermal war er verliebt und ging mit seiner Angebeteten erstmals ins Kino. Bestürzt bemerkte er nach einer Weile, daß ihm Hundescheiße am Schuh klebte, doch damals war er zu verklemmt und wußte gar nicht welche Worte man in Anwesenheit einer Dame zu solch einem Mißgeschick nutzen könne, und so winkelte er den Fuß immer so komisch hinweg, und wirkte somit etwas linkisch.

Bedingt durch´s „schwarze Loch" (ein Rätsel im Universum), das sich in einer Minus-Entfernung befindet, sind mir Opa & Mobbl näher denn je:
Sie sind *in* mir.

Wie Gerümpel haben sie einen Großteil ihrer Eigenschaften einfach in meinem Inneren untergestellt. (Leider aber nur diejenigen, die man im Himmel nicht brauchen kann.) Mobbl ihre Eifersucht, der Opa seine Faulheit.

Am Langeooger Bahnhof hat mich niemand abgeholt. Eine junge Frau rief in gekünstelt guter Laune:
„Da kommt Oma Helga! Ich seeeeeeeeehse!"

An der Klangfärbung ihrer Stimme vermeinte ich herauszuhören, daß es sich um die Schwiemu handelte. Auch ich bog meinen Kopf, um die Oma Helga zu sehen, da ich eine Schwäche für Frauen namens Helga habe (die Heilige) – vergebens!

Im Otto-Harms-Haus war ein kleines christliches Zimmer für mich reserviert.

Ich legte das sperrige Gepäck ab, und so ohne Gepäck fühlte ich mich froh an. Fröher als mit – grad wie in der Geschichte von Hans-im-Glück beschrieben.

Es herrschte ein feuchtes Waschküchenwetter und jetzt wäre ich so gern mit Opa und Mobbl hiergewesen!

Montag, 6. Mai

Langeoog - Aurich

Grau und herbe

Ohne großes Federlesen wirbelte ich am Morgen aus dem Bett in einen trübbewölkten Tag hinein.

Später saß ich dann als erster Gast in einem ganz entlegenen Winkel vom „Hotel Kupferpfanne" und beobachtete die Gäste, die so nach und nach eintrödelten.

Ein Herr schaute von hinten aus wie Onkel Dölein, und bloß die ihm gegenübersitzende Dame sah anders aus als die Deborah: Es handelte sich in diesem Falle um eine Dame mit weißen Wollresten auf dem Haupt, und so stellte ich mir vor, *es sei Onkel Dölein, der mit seiner Stiefschwiegermutter Julie Stagg auf Langeoog drei Wochen Urlaub macht, weil er beim Preisausschreiben „Die beste Schwiegermutter der Welt" einen 1. Preis errungen hat.*

Tatsächlich handelte es sich nicht um ein Ehepaar, denn die Frau sagte mal innerhalb einer Erzählung erzählend: „Mein Mann sagt...".Und man sagt doch wohl kaum zu seinem eigenen Mann „mein Mann sagt..." oder tut man so etwas gelegentlich?

Ich las in meinem französischen Depressionsbuch über Selbstmorde und Selbstmordabsichten, z.B. daß die depressive Dichterin Sylvia Plath, die zwei kleine Kinder zurückließ, gedacht haben soll, daß sie womöglich noch 50 Jahre lang in diesem Käfig (ihrem Korpus) gefangen bliebe, und tatsächlich kam´s mir beim schärferen Drübernachdenken vor, als säße man in einem Käfig.

Abends daheim:
Zu meinem Vorschlag, die Omi ganz zu uns zu holen, sagte Buz nur: „Ach, um Gottes Willen!" Doch säße Rehlein als 89-jährige irgendwo, so wär´s mir ein Herzensbedürfnis Rehlein zu uns zu holen.
Wahrscheinlich ein Indiz dafür, daß Buzens Kindheit nicht ganz so schön war wie die Meinige?

Dienstag, 7. Mai

Wolkig. Zart-sonnig

Zum Frühstück schauten Buz und ich eine Reportage über die Liebe zwischen Charles & Camilla an.
Interessiert schaute Buz mitten auf die Mattscheibe drauf, und wandte ich den Kopf zu ihm hin um zu schauen ob er wohl auch so viel Freude am filmischen Geschehen hat wie ich, so wühlte er meist - d.h. er <u>zer</u>wühlte regelrecht - die Spitze seiner wunderschönen geschwungenen Nase, die dadurch unvorteilhaft ausgebeult wurde.
Ich stellte fest, daß Lady Di auch so gern das bezaubernde Hascherl hervorkehrte, und sich zudem, wie ja leider so viele von uns, gern in ihrer Märtyrerrolle sonnte.

Heidi Abel erschien mit ihrer Freundin zum Duospiel.

Die Freundin, ein dickes und bebrilltes Mädchen gab mir nur ganz knapp und im Vorübergehen die Hand, und ich war überrascht mit welcher Selbstverständlichkeit die beiden Mädchen die Schuhe <u>nicht</u> abgestreift haben. Unter dem Schuh der Freundin klebte auch noch ein Blatt, so daß man meinen könnte, es hafte durch Hundekot?

„He Ihr! Würdet ihr bitte die Schuhe abstreifen??!" sagte ich, zwar vielleicht nicht ganz ehefrauenhaft, so jedoch ein bißchen in diese Richtung eingetönt.

Später sah ich beim Üben vom Fenster aus den Sohn von Frau Priwitz, und mußte darüber nachsinnieren, was das wohl für ein grober Klotz sei? Zirka 64 Jahre alt, bluthochdrucksbedingt rötlich angelaufen, sehr behäbig - ein ärmelzurückkremplerischer Biertischtypus - und stellvertretend für Frau Priwitz staunte ich, was bloß aus ihrem entzückenden und rosigen Säugling von einst geworden ist?

Beim Kochen hörte ich hi und da eines der Mädchen infernalisch lachen – so wie Mozart im Mozart-Film „Amadeus", und nahm an, es sei die Neue, zumal ich Heidi Abel bislang nur als sittsam verschämtes und verlegenes Fräulein kennengelernt habe. Ich mutmaßte, daß sich die Neue womöglich auf den ersten Blick rasend in Buz verliebt hat?

In Mobbl in mir arbeitete es solcherart, daß ich Angst bekam, Buz könne mich nachher vielleicht vor den Mädchen dran fragen, ob das Essen nicht vielleicht für vier ausreiche?

Ich hätte somit den ganzen Vormittag für jemanden geschuftet, der mir seit Stunden mit seinem Violingewinsel auf die Nerven fiel?

Doch dann fiel das Mittagessen überraschend ganz aus, da Buz schon um halb zwei unterrichten mußte.

Plötzlich war ich alleine, und hielt mit meiner Kocherei so quasi auf halber Höh´ inne.

In der Zeitung las ich über den Lehrer Heise (60) nach, der kurzzeitig als „Held von Erfurt" bejubelt worden war, da er den Amokläufer in ein Zimmer eingesperrt hat, wo dieser sich sodann erschoß!

„Robert, duuu??" will der Lehrer ungläubig ausgerufen haben. „Du kannst mich erschießen, doch schau mir dazu bitte in die Augen!"

„Nein, Herr Heise. Für heute ist´s genug…."

Peng! Ein finaler Schuss setzte dem Leben des jungen Mannes ein jähes Ende.

Zeugen für diese Heldentat gibt´s jedoch leider keine, so daß schon Zweifel laut geworden sind, ob der Lehrer sein Treiben nicht vielleicht ein wenig ausgeschmückt hat? Und schon wird er von der Erfurter Bevölkerung im Kollektiv bepöbelt!

Besuch mit Frau Münch bei Frau Saathoff.

Frau Saathoff blätterte mit so viel rührendem Eifer in ihren alten Leitzordnern, um uns eine Zeichnung zu zeigen, die ihre Mutti gemacht habe, und dann wunderte man sich kurz auf, daß immer das, was man gerade gern zur Hand nähme, verschwunden sei?

Wir sprachen über die Gaßmanns, ihre finanziellen Engpässe, und als ich Frau Münch ein Stück Kuchen auf ihren Teller beigen wollte, fiel Selbiges um, so daß das Thema „Schwiegermutter" zur Sprache kam.

Wir erfuhren, daß Frau Münch zwei ganz reizende Schwiegermütter gehabt habe, aber Bedarf nach einer dritten bestünde nicht.

Frau Saathoffs Schwiegermutter wiederum habe immer ganz laut herumgezetert, und sei eine entsetzliche Frau gewesen. Ebenso entsetzlich wie der Saathoff selber. Nach acht Jahren Ehe hielt es Frau Saathoff mit denen nicht mehr aus und ging.

Ich selber habe Herrn Saathoff nur als Lehrer kennengelernt, und fand ihn sehr sympathisch. Doch dies sagte ich nicht, da Frau Saathoff von Worten dieser Art mit Unwirsche erfüllt wird.

Mit großer Wärme sprach Mutti Saathoff sodann über ihre eigene Mutti, die nun schon leider Gottes seit 16 Jahren unter der Erde liegt. Fotos wurden herumgereicht, und man sah den kleinen Peter so possierlich in einem Kinderwagen mit Schirmchen sitzen.

Die Rede wurde auf meine Karriere gelenkt, und ich erfuhr, daß Frau Münch auf diese Weise nicht weitermachen könne, weil es einfach zu zäh sei!

Frau Saathoff meinte auch, daß sie zu alt für dererlei sei: Knochen- und Wirbelsäulenprobleme....

Ein bißchen ging´s mir heut somit wie jemandem, dem gekündigt wurde, und der nun arbeitslos ist.

Als wir uns dann verabschiedeten, hatte es sich der Kater auf Frau Münchs Autodach bequem gemacht, und dann kam der kleine Hendrik des Weges.

Diesmal lud Mutti Saathoff den Dreikäsehoch dazu ein, ihr etwas auf dem Klavier vorzuspielen:

„Wenn mein Sohn kommt, dann kann er mit dir vierhändig spielen!" sagte sie.

„Das weiß ich nicht, wie das geht. Kann er das überhaupt?" frug der kleine Hendrik.

„Wenn das jemand kann, dann er!" lachte Frau Saathoff in gutmütiger Entgeisterung darüber, daß sich so ein kleiner Pimpf anmaßt, dies überhaupt in Zweifel zu ziehen, „er hat nämlich bei Herrn König studiert!"

„Ich hab auch bei Herrn König studiert!" sagte der kleine Hendrik stolz...dann fuhr ich heim.

Buz erzählte mir von seinem Klavierschüler Ohm, der heute in der Klavierstunde seelisch zusammengebrochen sei. Plötzlich brach er, so Buz, in haltloses Schluchzen aus. (Der „Herr Oberstupidienrat" (wie Buz ihn übermütig zu nennen pflegt), 45 Jahre alt.)

Buz war sehr bestürzt und mitfühlend, doch den Grund hat Herr Ohm Buzen nicht verraten mögen, und dann riss er sich doch noch zusammen, und spielte noch etwas auf dem Klavier.

Ich riet Buz, ihn heute zum Abendessen zu bitten. Vielleicht täte ihm ein wenig Abwechslung gut, denn vielleicht leidet er darunter, allen Leuten wurst zu sein, und einfach keine passende Frau zu finden?

Am Abend kochte ich: Das Wok-Gericht Nr. 1 aus meinem Wok-Lehrbuch: Hähnchenbrust mit Brokkoli.

„Hilfst du mir beim Kochen?" bebarmte ich den Geigenden.

„Nein", sagte Buz scheinbar kategorisch.

Doch dann hatte es in ihm gearbeitet. Zuerst legte Buz das „Dissonanzenquartett" – interpretiert vom Hagen-Quartett – ein, und dann frug er, was er mir helfen solle?

Ich teilte Buzen nur die einfachsten Arbeiten zu: Z.B., die Anweisungen aus dem Kochbuch vorzulesen, und ein bißchen in den Speisen zu rühren, und doch vermittelte ich Buzen hernach das Gefühl, daß ich es ohne seine Hilfe nie und nimmer geschafft hätte.

Ich empfand es als ehrenvolle Aufgabe, die Fehler, die der Opa Gerhard einst aus Unwissenheit in der Aufzucht gemacht hatte, wieder auszuwetzen:
Buz hatte ein riesengroßes Kochtalent mit auf die Welt gebracht, und wäre bei entsprechender Förderung ohne Zweifel ein Haubenkoch geworden. Doch der Opa Gerhard hatte diese wunderschöne Gottesgabe an ihrer Entfaltung behindert, indem er oftmals auszurufen pflegte: „Ich kann es ja nicht haben, wenn die Jungs in der Küche sind!"

Und dadurch, daß der Opa Gerhard im Jahre 1952 starb sind Hartmut und Eberhard, die damals noch ganz klein waren, heute brilliante Köche, während die Kochkunst für Buz ein Buch mit sieben Siegeln geblieben ist.

Mittwoch, 8. Mai

Es beruhigte sich. Durch die Wolken fraß sich
Helligkeit und Sonne hindurch

Zuerst schlief ich nicht schlecht, doch dann lag ich wach und unruhig im Bett, weil ich mich beruflich so in der Tinte stecken fühlte. Doch halt, nein! Ich fühlte mich an, wie jemand an einem ganz leeren, langen Bahnsteig in der Abendsonne, dessen Zug abgefahren ist.

Ich hätte so gern noch ein wenig weitergeschlummert, doch es ging nicht, weil ich so aufgewühlt war. Hätten die Damen gestern ihre Ehrenämter nicht niedergelegt, so hätt ich heut morgen vermutlich gut geschlafen.

Für Buz war ein geheimnisvoller Brief aus Niederösterreich gekommen, doch er kam bloß von der Dame Gerswind, die Vorschläge für den Musikalischen Sommer einreichte.

Rührend finde ich, daß die Gerswind sich für Komponisten wie Herrn Schmitt-Kowalski und Herrn Heike einsetzt. (Zwei Komponisten, wie sie gegensätzlicher nicht sein könnten: Herr Schmitt-Kowalski hat sich auf Ohrwürmer spezialisiert, während Herrn Heike nur das gefällt, was ihm nicht gefällt. (Falls man sich etwas darunter vorstellen kann?)

„Schumann Klavierquartett mit Dir!" schrieb die Gerswind, und das Ausrufezeichen hinter dem Wörtchen „Dir" hatte einen Effekt solcherart, als wolle man jemanden an der Schulter packen, wachrüttelnd an ihm herumruckeln und in großer Wärme ausrufen: „Heeee! Duuuu!"

In meinem Zimmer brachte mir Buz die Geheimnisse der Griffspannung bei, und einmal vibrierte ich einen Ton und meinte, es verstanden zu haben.

„Nein, du verstehst es nicht!" rief Buz.

„Doch!" schäumte ich, wenn auch gutmütig im Tonfall, und in diesem Moment schrillte das Telefon, so daß ich *gleich* in mich gehen konnte. Ich dachte mir: „Ich strahle immer so eine angeberische Ungeduld aus, und möchte praktisch so scheinen, als sei ich allwissend! Lächerlich!"

In *Brisant* kam heute etwas über den Kennedy-Neffen, der nun nach über 26 Jahren wegen Mordes an einem 15-jährigen Mädchen vor Gericht steht. Ferner wieder etwas über die Familie Hase aus dem Münsterland, der vom Jugendamt einfach sieben Kinder hinweggenommen wurde, so daß das kinderreiche Ehepaar plötzlich ganz kahl gerupft da steht.

Das kam so:

Die 7. Schwangerschaft war für Mutti Cornelia leider sehr beschwerlich: Sie bekam Wasser in die Beine, konnte kaum noch Treppen steigen, und so stellte sie - eine Variation von Frau Hartl in Ofenbach - beim Jugendamt einen Antrag auf eine Haushaltshilfe. Das Jugendamt glaubte eine Überforderung zum Nachteil der Kinder zu erkennen, und nun sind alle Kinder – das Jüngste sechs Tage alt – einfach fort!

Donnerstag, 9. Mai
Aurich - Lippoldsberg

Heiß, arielweiß bewölkter Himmel,
anschließend sonnig.
In Lippoldsberg schönstes Wetter
wie zur Wilhelm Busch Zeit

Ich fuhr Richtung Lippoldsberg und frug mich, warum ich mich bei der Losreise immer so wehmütig fühle?

Während der Fahrt mußte ich gegen eine kaum glaubliche Müdigkeit ankämpfen, so daß ich die erste Stunde bis zur ersten Rast kaum durchgehalten hab!

Schließlich parkte ich auf einem Parkplatz, doch es war so hell und heiß, daß ich zum Schlummern meine grüne Jacke über den Kopf zog, so daß ich hinter der Windschutzscheibe wie ein Gespenst ausgesehen haben mag.

Ich fuhr auf einer gewundenen Straße nach Ulsal (herrlichster Sonnenschein). Nein, natürlich heißt es „Uslar". Ich nannte den Ort allerdings „Ulsal" und mußte dabei an den Opa denken, da dies ein allgegenwärtiges Mittel gegen sein ewiges Sodbrennen war.

Im Pfarrhaus begrüßte mich der junge, dynamische Pfarrer T.
Für mich hatte er extra eine professionelle Kartenabrupferin engagiert.
Auf der Treppe plauderte er mit einer putzigen, gänzlich scharmfreien Frau, die mich auf professorale Art gar nicht wahrnahm, selbst als der Geistliche auf mein abiges Konzert aufmerksam machte:
„.....steht direkt neben Ihnen!" jovialisierte er.
Die Frau ging nicht darauf ein, und erzählte dem Geistlichen stattdessen, daß ihr Mann Organist sei.
Für für ihn gäb´s nur die „Orschl".

Später kleidete ich mich im Sitzungssaal des Gemeindehauses um. Ich legte einen kleinen Strip hin, um sodann im grünen Abendkleid kunstvoll an meinen Lippen herumzuröteln. Doch von meinem Spiegelbild war ich heute nicht sehr erbaut.
(Ältlich und matronenhaft.)
Schließlich spielte ich vor zirka 50 Sahnehäuptern.

Nach dem Konzert stand man allgemein vor dem Kloster auf dem Rasen, um den Konzertausklang in den Tagesausklang hineinzubetten.

Zärtlich strich die Abendsonne mit ihren Strahlen über die graumelierten Häupter, und erfreut begrüßte ich die Familie Rose aus Grebenstein.

Frau Rose, eine zierliche kleine Frau mit einer Reetdachfrisur und einem feinen lieben Lächeln im Gesicht, legte mir aufmerksam und fürsorglich ein Tuch um meine entblößten Schulterblätter, und schenkte mir eine aufklappbare Karte mit einer selbstfotografierten Rose drauf.

Der gefühlsverhaltene *Herr* Rose mit seiner in die Höhe gebürsteten und einem Band umschlungenen Kuchenfrisur, der seit vielen Jahren das Stadtbild von Grebenstein prägt, wo man ihn an jeder Ecke durch die Gassen flanieren sieht, sprach jedoch hauptsächlich darüber, wie ich am besten nach Hause gelange, und wie ich wegen dem Wildwechsel auf keinen Fall durch den Reinhardswald fahren dürfe.

Dann machte ich noch die Bekanntschaft des Kritikers, der den Pfarrer getadelt hatte, warum er wohl keinen Blumenstrauß für mich parat gehabt hätt´?

Etwas was ich kurioserweise auch ein bißchen gedacht habe.

Herr T. gab sich sehr zerknirscht, entschuldigte sich unbeholfen und schämte sich leicht.

Dann lernte ich eine alte Lehrerin kennen, die vor vielen Jahren im Gymnasium Ulricianum in Aurich gewirkt und gewütet hat. Neben ihr stand ein Herr, der ausschaute, wie von Wilhelm Busch gezeichnet. Mit fein, und leicht in die Höhe gezwirbelten

Frisurresten, die flammenartig um sein bares Haupt züngelten. Dieser Herr wäre sehr gerne mit mir ins Gespräch gekommen, doch die alte Dame war zu dominant.

Freitag, 10. Mai
Lippoldsberg - Grebenstein

Zunächst mit feuchten Wolken durchsetzt,
hellgrauwölkig, Sonnenschein.
Bei Dunkelheit Gewitterstimmung

Durch das vorhangsfreie Fenster in der Gästekammer von Pfarrer T. schaut man auf das friedliche Dorf hinab.

Eigentlich war es noch viel zu früh um loszufahren, also sah ich mich im Geiste schon irgendwo in einem Caféhaus „auf der Zeit" sitzen, denn sitz ich drauf, so kann sie sich ja nicht mehr weiterbewegen, und sie weiterlaufen zu lassen bedeutet ja im Klartext, mich auf „das Unvermeidliche" hinbewegen zu müssen.

Wenig später war ich durch meine eigene Schuld plötzlich wie eine Maus in einer Lebendfalle gefangen: In jenem klerikalen Vorraum zwischen Pfarrhaustür und Pfarrhauswohnung.

Extra, um meinem Kontrollzwang ein Schnippchen zu schlagen, hatte ich die Glastüre zur Wohnung hinter mir zugezogen. Es hatte geheißen, der Geistliche würde die Haustür offenstehen lassen. Dies aber schien er vergessen zu haben, oder aber eine nächtliche Kontrolle hat sie dann doch abgesperrt? Immerhin gab es in dem Vorraum einige Traktätchen und Prospekte zu lesen, mit denen man sich die Zeit vertreiben konnte.

Nun hielt ich mich von 6:54 bis 8:28 dort auf, und zum Schluß wurde mir ein bißchen kühl. Während mir kühl wurde, fiel mir aber siedendheiß ein, daß ich mein Jackett und sogar mein rotes Kostüm in Aurich gelassen hatte.

Rehlein wäre entsetzt, und grad auch deswegen sank mein Stimmungsbarometer.

Ein bißchen liebäugelte ich mit der Idee, zu schellen, obwohl der Geistliche gestern auf gemütliche Weise angedeutet hatte, er habe jetzt Urlaub und freue sich sehr auf das behagliche Ausschlafen am Morgen.

Er erhöbe sich zwischen 8 und 9, um dann ganz gemütlich und ohne Zeitdruck zu frühstücken.

Ein bißchen Hoffnung hatte ich in eine Seitentüre gesetzt, neben der zu lesen war: Bürozeit 8 – 9, und immer wieder klang es für mein Ohr, als käme jemand. Eine andere Hoffnung legte ich in die Klingel neben der Glastür, obwohl sich der Geistliche in meiner Fantasie *oben mit einer flüchtigen Bekannten vergnügte*.

Doch dann bekam ich einen Schrecken, denn die vermeintliche Klingel entpuppte sich als Lichtschalter, und außerdem bekam ich sogar direkt ein bißchen Angst, der Geistliche könne ganz spontan schon gestern nacht in den Urlaub gefahren sein? Doch dann kam er in seiner Schlafanzugshose die Treppen herab, und war sehr freundlich und zerknirscht.

Seitdem er mich kennt, mußte er sich bereits zweimal in Zerknirschung üben, der Arme!

Ihm sei das gleiche auch schon passiert (am ersten Weihnachtsfeiertag) und da mußte er sogar das Fenster einschlagen, weil es damals wirklich bitterkalt, und er hinzu allein im Hause war!

Ich war froh, wieder frei zu sein.

Lippoldsberg war ein bißchen naßgeregnet, als ich mich im Frühtau anschickte, gen Grebenstein zu fahren.

In Grebenstein selber gab ich die Bewerbung nach Detmold auf und wollte dies hernach im Hochzeitscafé feiern. Doch heut herrschte Ruhetag.

„Das ist zu!" muhte mich ein älterer Herr zwiefach auf Art einer Kuh an.

Stattdessen wollte ich das Eiscafé besuchen, doch die Ampel sprang so lang nicht auf grün, daß ich plötzlich die Lust verlor, und den Stier bei den Hörnern packte, indem ich gleich zur Omi fuhr.

Dort war der Onkel Hartmut zu Gast, und an der freundlichen Art, wie die Oma „mein Schätzlein" sagte, konnte man hören, daß sie heute auf der A-Seite blühte. Darüber freute ich mich unglaublich.

„Na Gott sei Dank!" dachte ich erfreut, denn ich liebe nichts mehr auf der Welt, als wenn jemand aus der Verwandtschaft auf der A-Seite blüht.

Der Tisch in der Stube sah leider ungemütlich aus, und im Teezimmer stand ein gebrauchtes und ungemachtes, noch ofenwarmes Bett, doch es lief ein schönes Haydn-Quartett (jenes mit der Nationalhymne) das die Räume mit Göttlichem füllte.

Der Onkel Hartmut bringt immer so viel Kultur in Omis Stube. Etwas, was man immer als Selbstverständlichkeit genommen hat, doch plötzlich war ich sehr gerührt.

„Ach, ich bin dir so gut!" sagte mir meine Oma nett, so daß ich sie innig liebte.

„Hartmut, du hast dich heute noch nicht gekämmt!" hätte ich am liebsten auf gutmütig tadelnde Art gesagt, weil's wahrhaftig so war.

Worte, die an Ming erinnert hätten.

Extra für seinen Vater, den Formalisten, hatte mein Vetter Gerhard, der bis vor wenigen Minuten noch da gewesen war, so daß ich ihn ganz knapp verpasst hatte, die Omi mit einem grünen Wams und einer geschmackvollen, cremeweißen und mit ziehharmonikaartig angelegten scharfkantigen Bügelfalten versehenen Bluse verschönt.

Doch inmitten dieser Verschönung bekam die Oma beim Frühstück einen Rappel, als sie hören mußte, daß der Hartmut morgen schon wieder abzufahren gedenkt. Er fährt, weil jetzt ich da bin, und für den Onkel, auch wenn er seine Mutter innig liebt, ist´s wohl auch nicht die allergrößte Freude, das alte, verglimmende Lebenslicht zu hüten.

Dem Hartmut fiel auf die Schnelle auch keine passende Ausrede ein.

„Ich muß doch in Münster nach dem Rechten sehen!" sagte er halbseiden und schwammig.

Die Omi wurde davon beleidigt und bockig.

„Dann fahr nur!" sagte sie bös.

Für mich wurde ein Einkaufsplan erstellt.

Der Onkel hatte fragend anklingen lassen, ob ich ihm wohl mein Auto borge, damit er in Kassel einen Freund besuchen könne?

Doch stattdessen wurde er sehr müde, und lag demzufolge oftmals schlummernd auf dem Sofa herum.

Die Omi raunte mir zu, daß ich Kartoffeln schälen solle.

Dies jedoch schob ich vor mir her, und stattdessen begann ich auslosehalber, und ohne vorher Bescheid zu geben, mit der Überei an meinem Brahms Trio (Nr. 2). Doch ich fühlte mich nervös dabei:

Die Luft war mit dem Vorgefühl getränkt, die Omi könne auf ihre erschrocken-rappelige Art ausrufen: "Ach Gott, das Mädchen wird doch jetzt nicht Geige spielen??!"

Mittags aßen wir ein Gericht, aus Onkel Hartmuts Kochrepertorium:

Sahnig verfeinerte Hochglanzheringe der Firma „JA" mit Kartoffeln.

Zunächst hustete die Oma ganz viel, und hernach sprachen wir über das Thema „Freundschaften".
Omi und Hartmut meinen beide, sie hätten keine Freunde.
„Ich habe auch keine Freunde!" sagte ich.
„Wen denn???" frug die Omi, die sich wohl verhört hatte, auf jene provozierende Art, die schon im Vorherein den Keim in sich birgt, daß man „Ach, Unsinn!" hintanfügen will.
„Doch. Ich habe einen Freund!" rief der Hartmut plötzlich aus, „obwohl ich den nicht leiden kann. Den Christoph!"
„Ach Gottachgottachgott" sagte die Omi.

Am Nachmittag übte ich, und der Onkel löste das komplizierte Kreuzworträtsel in der FAZ, die ich ihm heut eigenhändig besorgt habe. Doch es gefiel mir, für meinen Onkel die FAZ zu besorgen, auch wenn der Herr im Zeitschriftenladen überhaupt keine erkennbare Persönlichkeit hatte.

Einmal war auch die Katze so unpersönlich zu mir. Ich strich ihr so nett über's Haupt, doch plötzlich entwand sie sich mir wie ein unwirscher hessischer Mensch, der ausrufen möchte: "Komm, laß gut sein!"

Zur Teestunde gab's „Einbacks" – längliche, watteweiche Brötchen, vom Onkel kunstvoll mit Marmelade bestrichen.

Die Omi saute sich oftmals abscheulich mit Marmelade ein.

Wir sprachen über Onkel Eberhards Adoptivtochter Johanna, die damals extra ihr Haar gelöst hat, als Buz zur Tür hereintrat.

Die Omi erzählte uns, daß sie die Johanna schon als kleines Kind im Kinderwagen nicht leiden konnte, und tatsächlich wirkt die Johanna schweizerisch-fremd, so daß auch ich damals kein Bedürfnis verspürt hatte, einen Abend mit ihr zu verbringen.

Ganz im Gegensatz zu Tante Antjes Tochter Annette, die mir auf den ersten Blick so erschien, als hätten wir uns schon immer gekannt, und sich hinzu so familiär anfühlt.

Hartmuts Freund Nolte wollte hierher kommen, und der Hartmut verschönerte sich mit einer Krawatte und durch eine Rasur, und litt womöglich am Klassenzimmersyndrom, indem er nervös auf- und ablief, und fragend aus dem Fenster sah.

Und plötzlich war er mit dem Freund einfach verschwunden, so als schäme er sich unser, und habe das Haus eilig verlassen, als der Freund in der Ferne aufschimmerte.

Am späten Nachmittag erschien die Reinmachefee Frau Reimich.

Ich freute mich sehr über diesen Besuch, und später freute ich mich sogar noch mehr, als ich sah, daß die Badewanne für die Omi eingelaufen war, und mir etwas Zeit wunk, wo man sich vor dem alten Knochengestell erholen konnte.

Frau Reimich erzählte, daß ihr Sohn eine Freundin habe, die erst jetzt aus Rußland kam. Doch als sie da war, da war sie bereits im zweiten Monat schwanger. Etwas, das sie noch gar nicht gemerkt hatte.

Na, vielleicht wird´s ein Mädchen. (So hofft man in der Familie.)

„Dein Traum ist bereits in Erfüllung gegangen!" habe der 20-jährige verliebte Sohn in einem jäh aufgewallten, aufbauschenden Beschwichtigungsversuch enthusiastisch ausgerufen.

„Es wird ein Mädchen!" Da sich Mutti Reimich schon immer eine Enkel<u>in</u> gewünscht hatte.

Doch dadurch, daß es ja keine echte Enkelin von ihr wird, ist ihr doch weiß Gott kein Traum in Erfüllung gegangen!

Nachtrag:
Es ist dann aber doch ein Junge geworden.
Die Ultraschallbilder hatten Katz- und Maus mit dem Betrachter gespielt

Joggen war ich auch. Ich rannte in schönstem Sonnenschein verborgen am Burgberg herum, weil ich eine Scheu davor verspürte, in meiner häßlichen Sportkluft dem Onkel und seinem Spezi zu begegnen.

Nach dem Bad trug die Omi ein Kopftuch und sah darin fremd aus, als sei sie zum Islam konvertiert.

Die Omi wurde böse, weil der Hartmut mit seinem Freund Nolte in den Biergarten entschwunden war, und schimpfte böse, so daß ich mich in ihrer Aura ganz unwohl fühlen mußte. Ständig dirigierte sie mich herum. Doch dann wurde sie gleitend wieder sehr nett und erklärte mir, daß sie Dampf ablassen müsse, damit sie nachher, wenn der Onkel wiederkehrt, nicht mehr grantig ist.

„Nachher kommt er mich nicht mehr besuchen!" sagte die Omi einsichtig und freundlich.

Und als die Omi am Tische Platz genommen hatte, waren wir beide wieder vergnügt, als ich erzählte, daß alle Männer lieber mit ihren Spezis ein Bier heben, als beispielsweise zuhause am Tisch mit der Ehefrau so herumzusitzen, und sich ihre Ermahnungen und Tadeleien anhören zu müssen?

Ich erzählte der Omi, was Udo Jürgens gesagt habe: Daß Männer und Frauen eigentlich nur in der Paarungszeit für einander interessant seien – darüber hinaus ganz gewiß nicht. Etwas, was ich auch schon immer gedacht hatte.

Söhne lieben ihre Mutter meist mehr als alles auf der Welt, doch wenn die Mutti dann ganz alt und verwelkt ist, so verglimmt auch dieses starke Gefühl allmählich.

Allerdings muß gesagt werden:

Die Uta liebt ihre Mutti offenbar auch so unglaublich wie ich die Meine!

Und doch hat sie hier in Grebenstein oftmals das Gefühl, keine Luft mehr zu bekommen in dieser Enge.

Nach einer Weile kehrte der Onkel gutgelaunt zurück, und gab der Omi unaufgefordert ein Küsschen, weil der stille Spezl seine Batterie so gut aufgeladen hatte. Er setzte sich auf's Sofa und löste an seinem Kreuzworträtsel herum.
Und dann verschluckte sich die Omi so bös, kam jedoch nochmals mit dem Leben davon.

Beim Zubettbrung war die Omi wieder so warm...

Onkel Hartmut ließ mich am Abend gar ein Bier ins Eisfach legen, und nun saß ich auf Kohlen, ob der Kühlschrank wohl gleich explodiert?

Samstag, 11. Mai

Sonnig. Es wurde immer schöner

Am Morgen im Bett hörte ich wie alle Tage das dünne Stimmchen „Hallo!" rufen und fand, daß Omis „Hallo" so rührend und freundlich klang.
Onkel Hambum war's, der sich Omis Ruf beugte, und dann erhob auch ich mich zu einem Tag im Moribundensumpf.
Ich schickte mich an, das Frühstück zu richten, und für den aufgegossenen Tee stellte ich die Stopuhr. Doch dann vergaß ich die Abgießung über einer unnützen Aufgabe: Der Omi auf ungeschickte Weise ein Frühstücksbrot zu schmieren – *nachdem*

(Friesenlogik pur!) ich´s in kleine Quadrate geschnitten hatte.

Der Onkel wurde kläuschenhaft sensibel und quengelte ein wenig herum, da er den Tee nicht trinken könne, wenn er 25 Minuten unabgegossen herumgestanden war, so daß ich tief beschämt war, und mich als unnützes dummes Ding fühlte.

Beim Frühstück sprachen wir über die Hilde, die sich meiner Meinung nach noch immer nach Buzen verzehrt, und die Omi sagte Dinge wie:
"Du kannst glauben...." und „ach Unsinn".
Sie wurde regelrecht energisch, so als wisse sie alles über Hildes Gefühle.

Nach einer Weile schimpfte der Onkel auf seinen mißratenen Sohn Gerhard, und sein Mund sah beim Schimpfen vor Ärger ein wenig schief aus und erinnerte in seiner verknödelten Form direkt an den Mund vom Onkel Kläuschen beim Referieren, auch wenn die beiden Herren nicht verwandt, und nicht einmal miteinander bekannt sind.

Ich erfuhr, daß der Gerhard sein Studium auf der Universität sträflichst vernachlässigt habe.

Jetzt ist er 24, und der Hartmut war mit 24 schon fertig mit dem Studium, und hatte seine Christa!

„Na, dann wird der Gerhard vielleicht mit 28 fertig!" sagte ich gutmütig, so doch ohne großes inneres Erbeben.

Ich stellte mir vor, *wie dem Onkel ein wohlgeratener Sohn mit Krawatte und Krawattennadel vorschwebt, der durch blankgeputzte Brillengläser vernünftig in die Welt blickt.*

Im Vorzimmer ein knackiges Betthäschen…

Ich sah´s sogar schon bildlich vor mir, wie dereinst der 60-jährige Gerhard vielleicht über *seinen* Sohn Wolfram wettert, der wiederum erst mit 32 mit dem Studium der Jurisprudenz fertig wird?

Das Thema lag mir außerordentlich, und ich stellte aufregende Überlegungen an, was den Gerhard wohl dazu bewogen haben könnte, sein Studium sträflichst zu vernachlässigen?

Der Anfang, der zu diesem Thema in meinem Inneren aufschien, begann mit einem Blick durch ein Opernglas, der sich aus dem Dachfenster von Gerhards Burschenzimmer auf eine Dame richtete, die sich teilentblößt auf einer Liege liegend von der Sonne knusprig bräunen ließ. Einer reifen, brünetten, gelangweilten Ehefrau mit den Zügen vom bösen Uschilein, deren Mann als Vertreter und Organisator dubioser Butterfahrtreisen fast immer aushäusig war.

Wenig später klingelte der Gerhard mit einem falschen Bärtchen und als Postbote verkleidet an ihrer Türe und überbrachte einen Brief…und was da drinnen stand, werden wir leider nicht erfahren.

Ich erzählte von Herrn Andreas, dessen Herz schwächer geworden sei, wie man einem Telefonat mit Frau Andreas entnehmen konnte, und nun schilderte ich jene Episode, wie Herr Andreas sich mal aufgeregt hat, daß jedes Kind und Schwiegerkind und jeder Enkel und Schwiegerenkel zum Frühstück etwas anderes trinken wollte, und sie seien doch kein Grand Hotel!

„Groun Hotel!" donnerte er mit Nachdruck.

Ich frug mich, wie das wohl dereinst in einigen Jahren ist, *wenn Elisabeth & Sergei, Gerhard & Ji Yoon und Susanne & Mechmet zwischen Weihnachten und Neujahr alle zusammen in Münster sind?* und stellte mir dazu den Hartmut als Familienoberhaupt vor.

Bevor der Onkel losfuhr, wollte er noch etwas auf der Violine hören, und ich schleppte die schöne neue Geige vom Dr. Su herbei, und spielte den Verwandten Ysayes 5. Sonate vor.

Der interessierte Onkel holte die Noten herbei, um sich dazu hineinzuversenken, und weil er Spaß an so etwas hat.

Hinterher referierte er darüber, ob in diesem Falle Aufwand und Effekt nicht zu sehr auseinanderklafften?

Danach lief eine Literatur-CD mit den schönsten Gedichten, kunstvoll vorgetragen von vereinzelten Schauspielern, die der Onkel Eberhard der Mama mal geschenkt hat.

Der Hartmut lauschte den vorgetragenen Goethe-Gedichten sehr kritisch, und einen Herrn, der ganz klar und deutlich sprach, mochte er nicht.

„Mach nur aus, Schätzlein!" sagte die müde Oma, die wie eine welke Pflanze durmelnd am Tische saß.

Sie wollte, daß es dem Onkel Hartmut bei ihr gefällt, so daß er vielleicht bleibt, oder zumindest bald wiederkehrt.

Am Bahnhof:
Der Onkel glaubte kaum, daß in Münster ein besonderer Abend auf ihn wartet, auch wenn die Christa vielleicht sagt: „Ich hab´n Sekt kaltgestellt!"
Ich scherzte herum, und malte uns ein Szenarium aus: *Wie die Christa dem Ali, jenem Herrn aus der Stadt, dem sie verfallen ist, nun doch absagen muß. Der Ali wird ganz unmutig und sagt: „Warum du sagen Mann kommmen Monntag? Warum kommen jetz?"*
Wir küssten uns noch, und dann saugte der Zug den liebgewonnenen Onkel Hartmut aus meinem Leben wieder hinweg.

Die Omi bekam am Abend wieder eine müde Ausstrahlung, während ich versuchte, nett und ermunternd zu sein. Einmal schäumte sie sogar auf, als ich andeutete, daß der Eberhard vielleicht doch nicht kommt, weil ja jetzt ich da bin?

Sonntag, 12. Mai

Lautloser Regen

Am Morgen rief die Omi regelrecht kräftig: „Franziska!" und dabei war´s erst 5:02 in der Früh. Ich eilte hin, doch die Omi hatte die Uhr falsch gelesen, und entschuldigte sich wortreich.

Morgens müssen die „Windows 13" immer mühsam reaktiviert werden, so daß die Omi zu

Tagesbeginn oft völlig verkalkt wirkt, und man genötigt ist, Dinge zu denken, wie beispielsweise: „Das kann ja heiter werden!"

Schön war's nicht, da sie hinzu so eine grämlich-verkalkte Grundstimmung ausströmte.

Beim Frühstück fiel mir gar nichts Rechtes ein, was ich mit der Oma so reden könne, und so warf ich müßige, für die Omi jedoch passende Gedanken solcherart in den Frühstückskonversationsring, wie es wohl so geworden wäre, wenn Ming die Dame Gerswind geheiratet hätte?

Die Omi war sehr spitz auf ihren Gottesdienst um halb zehn, doch heute handelte es sich um einen alternativen Motorradsgottesdienst, mit welchem man ja vorallendingen *junge* Leute in die Kirche ködern wollte.

Ein sog. „Motorrad-Freak" in schwarzer Lederkluft trug zum Zeichen seiner alternativen Frömmigkeit ein riesiges Kreuz auf der Brust, und die mißgelaunte Omi sagte fast augenblicklich: „Ach mach aus, Mädchen. Das wollen wir nicht sehen. Um Gottes Willen!"

Beim Tee sprach ich davon, daß es mein sehnlichster Wunsch wäre, einmal einen Abend mit Herrn und Frau Andreas zu verbringen.

„Ich möchte den Herrn Andreas *studieren*!" sagte ich bedeutsam, und schilderte plastisch, wie der Herr Andreas sich von früh bis spät über die Verwandten aufregt.

„Kommt ÜÜÜBERHAUPT nicht in Frage!" regt er sich donnernd und furchterregend auf, so daß man auszurufen genötigt ist: „Heinrich, dein Herz!"
Bloß, daß er sich auch darüber aufregt.
Dann sprach ich davon, daß man die Tiefe der Trauer der Schröders, wenn die Omi mal gestorben ist, doch ganz problemlos testen könne?
Ich sage: „Frau Schröder, stellense sich vor was passiert ist! Meine Omi ist heute Nacht gestorben!"
Vielleicht sagt sie: „Oh, daaas tut mir aber leid!"

In „Mona-Lisa" kam etwas über „Hans-Heinrich König", der als Freier auf den Philippinen eine Prostituierte geschwängert hat. Die Prostituierte wußte gar nicht, daß in Deutschland besondere Rechte für sie als Mutter eines Halbdeutschen warten, und fiel somit vor Freude aus allen Wolken.

Buz am Telefon sagte wörtlich das gleiche Gedicht auf, wie am letzten Muttertag.
Dann hörte man die Omi noch mit dem Utelchen telefonieren, und das Abendessen stand im Banne dessen, daß unsere Familientragödie in Rom nach einem kurzen Intermezzo ihren Fortgang zu nehmen scheint:
Die Uta, seit geraumer Zeit bei den anonymen Alkoholikern, hatte zwei Likörschokoladentäfelchen gekauft und gegessen, und jetzt ist der Beppino so böse, daß er das Haus in Massa Pisana verkaufen und irgendwo neu anfangen will.

Die Omi grämte sich sehr, und mir tat´s auch weh, da es doch trotz der wohnlichen Entfernung sehr enge Verwandte von uns sind.

Die Ehe vom Carlo sei schlecht, und die kleine Teresa hat´s an der Hüfte.

Montag, 13. Mai

Nach grau verhangenem aber trockenem Beginn
ab Nachmittag schön sonnig

Um halb acht begann die unvermeidliche Aufstehzeremonie.

Ich gab mir Mühe, eine nette Stimmung zu verbreiten. Nur als die Omi mal auf ihre herumdirigierende grämliche Art über etwas sagte: „Das tust du mal weg!" murmelte ich beim Wegtragen: „Du solltest auch mal weg. Nämlich auf den Friedhof!"

Doch ich meinte es nicht böse.

Die Omi stak am Morgen in einer etwas müden und traurigen Stimmung, und nachdem sie elfmal um den Tisch herumgewackelt war, mußte sie eine ganz kleine Ruhepause einlegen, weil es doch so anstrengend war.

Plötzlich bewunderte ich meine kleine Oma für ihre große und ungebrochene Tapferkeit.

„Das Füßchen wollte nicht so recht!" sagte die Omi so rührend und wackelte dann doch noch zehnmal um den Tisch herum.

Etwas hat schmerzhafte Kerben in Omis Seele geschlagen: Die böse Helferin. Sie wurde immer unfreundlicher, und zum Schluß sagte sie immer nur ganz barsch „Tschüss!" und ging.
Im Supermarkt habe sie einer anderen Dame erzählt, daß bald etwas passiert wäre, wenn das noch lange so weitergegangen wäre: Daß sie der Omi nämlich etwas über den Kopf gehauen hätte.

Für heut abend erwarteten wir Damen Buz als passageren Übernachtungsgast in unserer Einöde, und ich hatte noch kein rechtes Gefühl ob ich mich auf ihn, den in Omis Aura leider Schweigsamen und wenig Inspirierenden, wohl freuen solle?
Da kam mir die Idee, daß mein derzeitiges Leben vielleicht leichter werden könnte, wenn ich mir einfach vorstelle, ich sei ein Zivi, der eine elfmonatige Zeit als Zivi antritt? Bloß hätte ich dann wahrscheinlich fünf solche Klappergestelle zu versorgen?←stöhnte ich meinen eigenen Gedanken hinterher.

Um 16 Uhr, zum „Pfarrer Fliege", löffelten wir den schönen Schmandkuchen den Frau Andreas für uns gebacken hatte.
Der Pfarrer quasselte ganz viel.

Heut ging´s um das wunderliche Thema „Mein geliebtes, fremdes Kind"

Eine quadratische, aber elegante Frau mit langem Haar (zirka 32 Jahre alt) berichtete von ihrem heut zweieinhalbjährigen Sohn „Till":

Alles schien perfekt: Ein gesundes Wunschkind nach einer wunderbar verlaufenen, erfüllenden Schwangerschaft. Doch dann war ihr das kleine Baby ganz fremd, und sie *konnte* es nicht lieben!

Der Fliege quasselte wie ein Weltmeister das peinlichste und döööfste Zeug zusammen, das man sich überhaupt vorstellen kann, wie beispielsweise: „..und da haben Sie nicht an der Windel geschnuppert??" Er vibrierte mit der Nase solcherart, als wolle er den Duft eines Gugelhupfs einatmen...."löst das nicht so etwas wie Liebe aus?" frug er blöde, denn in diesem Falle säße die Frau doch wohl kaum in der Sendung?

Später schauten wir „Brisant":

Ein böser Mann hatte seine aus Lettland stammende Ehefrau einfach ermordet und in den Boden einbetoniert.

Doch man kam ihm auf die Schliche, und jetzt ist er froh, daß alles ans Tageslicht gekommen ist, denn es sei doch beklemmend, wie man sich fühlt, wenn die Ehefrau verschwunden ist.

Um einen herum brandet Aufregung um ihren Verbleib, und man selber ist der Einzige, der zum Thema etwas beisteuern könnte.

(Kuno, schau mich an!)

Später verhieß ein Anruf Buzens, daß Buz erst gegen halb elf kommt, und morgen schon vor dem Frühstück wieder wegzureisen gedenkt.

„Bist du jetzt ganz traurig?" frug ich meine kleine Omi mitfühlend und riet, daß sie Buzen sagen könne: „Früher wäre ich vielleicht traurig gewesen, doch jetzt fühle ich nichts als dumpfen Gleichmut". Worte, die tief in die Seele einschneiden, und wohl eher zum Umdenken bewegen könnten als Schelte?

Bald darauf aßen wir im Abendsonnenschein zu Abend.

Wir wärmten Erinnerungen an den Opa auf, und die Omi erinnerte sich, wie sich der Opa mal einen kleinen Schabernack mit ihr erlaubt hat.

Als sie auf Buzens Hochzeit vor 40 Jahren unter dem Tische kurz die Schuhe abstreifte um ihre müden Füße zu entfesseln, vertauschte der Opa geschwinde und heimlich einen Schuh, so daß sie später plötzlich mit zwei verschiedenfarbigen Schuhen in der Stadt herumlief.

Die Omi erzählte, wie das böse Uschilein sie beständig wegen der Judenfrage zankeslüstern in die Zange nahm: „Ihr habt weggeschaut! Ihr wart ein Volk von WEGSCHAUERN! Gib's doch endlich ZUUUU!" bezichte sie ihre Schwiegermutter bös – so auch auf einem Spaziergang.

Da kamen sie an einem Schrebergärtchen vorbei, wo zwei Jugendliche hineinpinkelten und vom Besitzer somit harsch ausgeschimpft wurden.

Doch das Uschilein in ihrem Eifer die Omi zur Strecke zu bringen, hatte es gar nicht bemerkt, und später meinte die Omi sinnig, die Jugendlichen hätten den alten Mann doch tothauen können – und dann habe das erboste Uschilein ja auch weggeschaut!
Das gefiel mir.

Buzens Ankunft verzögerte sich, und man bemerkte wieder Omis Hang zur Schönrednerei:
Sie wollte es einfach mit Worten so hinbeschwören, daß Buz ganz sicher einen Schlüssel habe, und wenn nicht, dann solle er halt schellen – weil´s der Omi völlig wurst ist, wenn ich in meinem Nachtschlaf interumptiert werde.

Ich sprach Buzen auf die Mailbox, und wenig später rief „unser Held" vom Rasthof Rhön an, um anklingen zu lassen, daß man ihm den Schlüssel doch in den Briefkasten legen möge.

Da freute ich mich über meine Umsicht, bezog Buz ein Bett, und war so aufmerksam. Sogar die Wanduhr brachte ich zum Stillstand und im Kühlschrank stellte ich ein Bier kalt. Dann legte ich ihm eine Wärmflasche ins Bett.

Auf das Bett legte ich ein Kärtchen mit der Aufschrift:
Dieses Bett ist frisch bezogen (zumindest so gut wie.)

Dienstag, 14. Mai

Sonnig. Am Nachmittag sehr schön.
Dann jedoch vorbeiziehende, dunkelgraue Wolken

Als Buz mich frug, wie es mir geht, sagte ich frisch im Stile von Frau Meyer „gut" (ganz zusammengedrückt und federnd ausgesprochen).

Ich erzählte Buzen, daß die Omi morgens oftmals leicht verkalkt sei, und wenn sie mit ihrem dünnen Stimmchen fordernd „Franziska!" ruft, stecke ich, bildhaft gesprochen, in der Röhre und müsse mich so durchrobben.

Jedes Wort das beim Aufstehzeremoniell auf mich wartet, kenne ich auswendig: „Wie sieht´s denn aus?" „Biddö?" und „Sieh mal zu, Mädchen!"

Dann saß das kleine Knochengestell alt und welk im Flügelhemdchen am Bettrand, als der eilige Buz zu einer eiligen Verabschiedung kurz ins Zimmer huschte.

Als ich die Nachttischlampe anknipste, gab´s einen Kurzschluss und die Omi sagte fordernd, daß Buz gleich noch etwas tun müsse.

„Ich muß jetzt nichts tun. Ich muß weg!" sagte Buz ungeduldig. Die Omi ist aber auch ungeduldig und gleichsam unbequem geworden, und als Buz hörte, daß er die Sicherung wieder hineinknipsen sollte, hat er es nochmal so gern gemacht.

Buz küsste die Omi, und meinte locker dahingeworfen, daß er bald wiederkäme.

Doch das Wörtchen „bald" scheint dehnbar wie ein Strapsbändel.

Schließlich verzog sich Buz ungewöhnlich eilig, und stellvertretend für ihn wehte mich jenes Gefühl an, daß es middörmuddör kaum noch auszuhalten sei.

„Nichts wie weg hier!" mag es in ihm vielleicht nicht aktiv, so doch treibend gedacht haben, und bevor die abgestellte Tochter vielleicht Rabbatz macht („Ich bin ein Star! Hol mich hier raus!!") sollte man sich vom Ort des Jammers eiligst entfernen.

Mittags gab´s ein Nasigoreng, und uns besuchte der Dr. Luthardt.

Die Omi wollte, daß ich den Tisch ein bißchen abräume´, weil der Doktor das so gewohnt sei, und blühte unter dem Besuch des netten Herrn regelrecht auf.

„Ein HERVORRAGENDER Zuckerwert!" sagte der Doktor erfreut über Omis Zuckerwert.

Über mich habe er schon in der Zeitung gelesen, und nun erzählte er seinerseits, wie er als Bub mal Violinstunden bei einer Dame in Hannoversch Münden nahm, die mit 76 Jahren tragisch ums Leben kam: Bei einem Überfall (ein gestrauchelter 15-jähriger wollte ihr die Handtasche entrupfen) strauchelte auch sie, brach sich den Oberschenkelhals, bekam wenig später eine Thrombose und starb.

Die Omi schlief heute etwas länger als sonst, und hi und da schaute ich durch den Türspalt auf das verglimmende Lebenslicht mit dem quadratisch geöffneten Munde drauf.

Einmal schien es so, als habe sie zu atmen aufgehört, und im Häusl dachte ich unglücklich, daß ich gar nicht will, daß die Omi stirbt.

Mir geht es wie der einen Mutter in der Rübezahlgeschichte, die einst unbedacht ausrief: „Rübezahl, komm und hol dir den Schreihals!" Doch als der Berggeist dann tatsächlich auftauchte, wirbelte ihr Wunsch augenblicklich herum.

„Um nichts in der Welt gebe ich ihn her!" soll sie gesagt haben.

Immer wenn die Omi *fast* gestorben wäre, mochte ich sie hinterher ein bißchen lieber.

Den kleinen Halbmohren, den Sohn von Schröders Schwester, finde ich sehr nett.

Jedesmal sagt er freundlich „Hallo" und ein herzliches Lächeln erhellt das liebe Bubengesicht.

Nachmittags spielt er meist mit seinem stumpfsinnigen Vetter Federball, so daß ich die Buben beim Üben immer schimmern sehe.

Am Nachmittag kam Frau Reimich:

Gleich zu Beginn der Putzorgie mußte sie bei der Omi Dampf ablassen, und war dabei kaum zu bremsen:

Sie berichtete von der Taufe eines Enkelkindes, und davon, daß sie drei Nächte lang nicht schlafen konnte, weil es beständig in ihr rumrechnete, was wohl alles noch auf die Beine gestellt werden müsse?

Und die Omi von der Gegenpartei habe kein bißchen geholfen, und sich nur bereichert!

Schlimm sei auch die in Norddeutschland lebende Schwiegermutter, die von Frau Reimich so abgrundtief gehasst wird.

Sie sei so dumm, könne weder gescheit russisch noch deutsch und das Einzige, was sie vielleicht konnte war „Kinder in die Welt zu scheißen", sagte Frau Reimich zischend und bös, und spie diese häßlichen Worte, auf „das sensible Ohr" pfeifend, wutschnaubend in den Raum. Doch man muß ihre Wut ja verstehen.

Die Mutter von der Schwiemu lebt auch noch, und ist 94 Jahre alt, so daß man Angst haben muß, die heut 74-jährige Schwiemu würde am Ende auch so alt werden?!

„Ich wollte die wäre schon tot!" blökte Frau Reimich laut und aufgebracht.

Später bügelte Frau Reimich mit dem Dampfbügeleisen, und erzählte mir Schockierendes von der Schwiegermutter, die vor vielen Jahren, als man noch in Rußland lebte, die kleine zweijährige Natalia in ein gefährliches Plumsklo geschickt habe. Die Kleine fiel bis zum Hals in die braune Brüh, und wäre beinah ertrunken!

Und die dumme Schwiegermutter hat sich darüber nur kaputtgelacht!

Vor meinem geistigen Auge erschien ein gröhlig lachendes dummes Gesicht wie von Deix gemalt.

Drum stand Frau Reimich, grad wie das Dampfbügeleisen, mit welchem sie behende agierte, die ganze Zeit unter Strom und Dampf, und daher rühre auch der Bluthochdruck an welchem sie chronisch laboriere!

„Ich hoffe, daß die böse Schwiegermutter bald gestorben ist!" sagte ich zum Abschied feierlich zu Frau Reimich, und von diesen Worten und dem innewohnenden Gedanken wurde Frau Reimich kurz froh, fühlte sich endlich mal verstanden, und umarmte mich fest.

Als sie weg war, und man noch ein wenig hinter ihr hersinnieren durfte, saß ich neben der etwas altersmüd vor sich hin durmelnden Omi so da.

Einmal raffte sich die Omi jedoch nochmals auf, und telefonierte mit leicht debilem Ausdruck mit dem Utelchen: Den Mund weit offen, und die eine Hand unkontrolliert in der Luft herum rührend.

Am Abend rief uns der süße Buz aus Aurich an.
Auf rührende Weise erörterte die Omi, in der es immer weiterzuknabbern pflegt mit ihm herum, daß es heute morgen nicht so schön gewesen sei, daß sie ihm diese Aufgabe gestellt habe. Doch in Buzen hatte es ebenfalls gearbeitet, und es reute ihn, daß er das ungeduldige Gefühl vermittelt hatte, keine Zeit für den bescheidenen Wunsch seiner kleinen Mami zu haben, den er doch hernach gern erfüllt habe.

Dies alles nur, weil die Zeit zwickte…

Wir erfuhren, daß das Jade-Quartett in Osaka unter die letzten fünf Quarettete gekommen sei, und freuten uns mit Buzen über diesen Triumpf.

Ich sattelte die Omi nett und ordnungsgemäß zur Nacht zurecht, und freute mich an ihr, da sie ja abends stets viel besser drauf ist als morgens, und schraubte ihr sogar unter Lebensgefahr eine 60-Watt Glühbirne in die grüne 50er-Jahre-Lampe hinein.

Ich stellte mir vor, wie im Buch des Lebens dereinst zu lesen sein wird:
Wenn man damals geahnt hätte, daß die Oma noch 30 Jahre leben sollte....

Mittwoch, 15. Mai

Morgens sonnig, dann eine schwadige Bewölkung

Ich erfuhr, daß Omis Bruder Karl (*am 21.3.1906 †1989) früher auch Geige gespielt habe und frug mich, ob er wohl auch so anrührend gespielt hat wie später sein Neffe Buz?
Denn so rührend wie Buz spielen nur die wenigsten Geiger auf der Welt, und irgendwo muß er´s doch herhaben!
Darüber hinausassoziierend dachte ich an Omi Mobblns verstorbenen Bruder Paul (* am 14.3.1914 - † 1944).

Ich malte mir aus, wie es wohl wäre, wenn der Paul heute noch lebte? Vor meinem geistigen Auge *tauchte ein fahriger, weißhaariger dünner alter Mann mit Urinbeutel auf, und vermutlich würde ich regelmäßig von Anrufen dieser Art heimgesucht: „Was hast du zwischen dem 25. Mai und 1. Juni eigentlich vor? Würde es dir etwas ausmachen, mal ein paar Tage lang auf den Onkel Paul aufzupassen??"*

Beim Frühstück stellte ich mir vor, wie's wohl wäre, wenn die fünf Geschwister von der Omi alle noch lebten? Der ganze Wurf von Uromi Müttchen (1879 – 1952) stand vor meinem geistigen Auge plötzlich da, und wenigstens *einen* Tag lang möchte man es doch miterleben wie es wäre, wenn die tatsächlich alle noch da wären!

Dann frug ich die Omi nach Buzens erstem Schultag aus, doch die alte Dame erinnerte sich nicht groß daran, und ist damals vielleicht nicht einmal mitgegangen, weil sie andere Interessen hatte.

Nicht einmal eine Schultüte bekam der süße Buz, weil man sich mitten im Kriege befand.

Beim Mittagessen:

Ich las der Oma vor, daß es in Grebenstein derzeit eine Ausstellung zu besichtigen gäbe: Vom 1960 geborenen Künstler „Stratmann", der sogar schon mal eine Ausstellung in Tokio gehabt habe!

Worte wie vom Pfarrer Fliege standen da zu lesen: „Das macht neugierig, nachdenklich…"

Ferner las man über den „Effe" (einen Fußballspieler), der seinem Freund „Strunz" dessen Frau Claudia ausgespannt habe.

Nach 13 Jahren war das Leben mit Effes Ehefrau Martina nicht mehr so besonders interessant, so daß man sich nicht mehr so recht auf die nächsten 15 Ehejahre freuen konnte.

Die Claudia schaute auf dem Foto direkt aus wie die Schrödersche (nur in blond), so daß man davon ausgehen darf, daß der Effe (Stefan Effenberg, 33) durchaus auch auf die Schrödersche hätte abfahren können.

Man las über den Otto (Waalkes), der ein geschmackloses* Gedicht über Dieter Bohlens Prügelfreudigkeit gemacht hatte.

*Das Wörtchen „geschmacklos" erinnert auch an das böse Uschilein mit ihrem hysterischen Kinderwunsch. Als Buz mal treffend bemerkte, sie könne nicht mit Kindern umgehen, so nannte sie das „geschmacklos", und dabei stimmte es! Und man kann doch nicht einfach etwas Stimmendes als geschmacklos bezeichnen?!

Dieter Bohlen konnte darüber gar nicht lachen, und auch die Omi fand es häßlich.

Doch mir gefiel´s.

Erklärend erzählte ich, daß der Otto doch „Blödler" von Beruf sei, und *dafür* würde er ja auch bezahlt. So muß alles was er sagt „blöd" sein, denn sonst wäre er ja ein „Klugler", und diesen Beruf gibt es doch überhaupt nicht. Geschweige denn, daß man damit Geld verdienen könne!

Dann amüsierten wir uns im Duett darüber, daß in der heutigen BILD folgende Überschrift zu lesen war:

Effe, Du Liebesschuft!

Ich stellte mir vor, daß es das Orakel vielleicht vorsieht, daß die Oma drei ihrer vier Kinder überlebt, und wie´s mit ihr nun Jahr für Jahr immer so weitergeht.

Vor meinem geistigen Auge bildete sich eine Jahrestabelle:

Hi und da taucht auf der Tabelle ein Schicksalsschlag auf, doch der Oma geht´s immer gleich.

Aus dem Televisor plärrte das dümmliche Geschwafel vom Pfarrer Fliege, und ich glaubte eine Antwort auf jene Frage gefunden zu haben, die gestern nach den Geschichten von Frau Reimich aufgewirbelt wurde: Wen hasse ich am meisten auf Erden? IHN!

In der Sendung ging´s heut um Tiere, die einem aus der Not geholfen haben, und sogar ein prächtiger Hahn, der einer ganz lieben Wiener Therapeutin gehörte, war in der Sendung zu Gast.

Ich hätte es so lustig gefunden, wenn er dem Pfarrer Fliege ins Ohr gebissen hätte.

Donnerstag, 16. Mai

Sagenhaft schön und sommerlich

Zum Frühstück lief der Televisor, und die Rede kam auf das "Legoland", das irgendwo in Bayern zum Ergötzen der Kinder aufgebaut wurde.

"Ach, so´n Quatsch!" sagte die Omi auf ihre wenig inspirierende, altersgrämliche Art, die sie bis zum Bettbrung am Nachmittag so mehr oder minder beibehielt.

Jene altersgrämliche Art in der auch der Opa zu versinken pflegte, nachdem die Wiedersehensfreude verpufft war.

Ich war sehr freundlich, doch stellvertretend für die Omi dachte ich, es sei sicher nur, weil ich übermorgen Leine ziehen darf. Ich verwandelte mich in die Oma selber, und dachte somit einfach für sie weiter.

"Na, lass es ziehen!" dachte ich müde bei meinen leisen, altersmüden Katsugen-Undo*-Bewegungen im Rollstuhl.

*Japanische Wundergymnastik, die von Buzen sehr besungen wird

Freitag, 17. Mai

Sommerlich

Bei der Aufsattelungszeremonie am Morgen fühlte ich mich genau so frühlingshaft und nett, wie ich mich auch gab, da es die bevorstehende Freiheit war, die mich nun auf ihren Schwingen trug.

Ich beplapperte die Omi mit interessanten Dingen: z.B. wärmte ich die Erinnerung an den "Brief" (das Geleitwort in Briefform) von Franz Josef Wagner in der BILD-Zeitung auf, mit dem der Kolumnist hofft, "die Stimme des kleinen Mannes" einzufangen.

Heut richtete er sein täglich´ Schreiben an Thomas Strunz, jenen Herrn, dem der Effe die Frau ausgespannt hat.

„Sie beschissener, verarschter und gedemütigter Ehemann…" umgarnte er den Gehörnten mit leidenschaftlich anteilnehmenden aber leider auch teils zweideutigen Worten.

Obwohl ich heut erst eine Woche lang hier bin, fühle ich mich praktisch so, als säße ich seit drei Jahren da. Ich habe mich eingewöhnt, und die kleinen Rituale sind Teile meiner Persönlichkeit geworden.

Fliegen habe ich in dieser Käfigzeit verlernt.

„Als Frau im Käfig wackele ich symbolisch mit dem Rollator durch´s Leben" (könnten dem Dichter noch allerlei Ausschmückungen einfallen).

Die Omi im Rollstuhl verspürt womöglich vor Zweierlei großes Lampenfieber? Davor, daß der Eberhard vielleicht absagt, aber auch vor dem poltrigen Eberhard selber?

Ein Muffensausen das gut begründet war, wie sich später herausstellte.

Beim Frühstück erzählte ich von Insa & George, und wie Georges Tüdeligkeit, die vielleicht vor einer gleichaltrigen Frau nicht so sehr ins Gewicht fallen würde, besonders schlimm sei, weil er sich vor der 30 Jahre jüngeren Insa doch noch als jugendlich erweisen will.

Die Omi hatte für mich schon vorausgeplant, daß ich den Onkel um viertel nach elf von der Bahn abhole. Doch da rief der Onkel Ebi auch schon an.

Der Onkel war nur mäßig gestimmt.

"Hallo" sagte er dumpf und grämlich und kam gleich zur Sache - wann er nämlich käme.

Der Onkel ging natürlich davon aus, daß in meinem Kopf der Gedanke tobe: "Nichts wie weg hier!"

Ein Gedanke, mit welchem er bis gestern gar nicht so falsch gelegen wäre - sieht man mal davon ab, daß ich solch pauschal dahingeworfene Sätze selten bis nie denke - doch heute hatte ich mich verändert (zu meinen Gunsten), und außerdem habe ich das Fliegen ja verlernt.

Ich freute mich nämlich wie blöd auf Andi und Lisel vor, und mein Seelenheil fühlte sich durch die Vorfreude so gepolstert an, daß ich meine letzten Tage im Knast als solchen, gern absolviert habe.

Kurz nach elf schickte ich mich an, meinen Onkel vom Bahnhof abzuholen.

Als ich eintraf, schlenderte der Graumelierte soeben auf seine behäbig verdrossene professorale Art über die Gleise, obwohl dort doch ausdrücklich zu lesen steht:

Das Überqueren der Gleise ist verboten!

Etwas, worüber ich der Omi später plastisch berichtete.

Doch ein Professor hat für derartiges keinen Blick.

Oftmals passiert´s mir, daß mir beim Anekdötchen erzählen noch eine Variation einfällt, die auch noch zu Wort kommen möchte, und so fügte ich jene Anekdote hintan, wie ich Buz im Jahre 1996 im Frankfurter Hauptbahnhof ausrufen ließ:
"Herr Wolfram Hööööhnich!" hatte der Beamte sich leicht verlesen. Man sah Buz in einem Pulk von Ankömmlingen herbeiwabern, doch er hörte gar nicht hin, weil er geistig mit Wertvollerem beschäftigt war.

Über den Onkel Eberhard hatte ich heut schon in jenem Sinne nachgedacht, daß für ihn als Sohn die Besuche bei der Mutter, die man doch noch als junge vitale Frau, und später als reife und geistvolle Spitzensekretärin gekannt hat, heut womöglich eine echte Qual sind? Was aus ihr bloß geworden ist?? Was sich die Fülle der Jahre mit ihr erlaubt hat?

Hätte man doch in jungen Jahren besser an ihr herumgenossen, und hätte man doch auf sie gehört, als sie vor dem bösen Uschilein warnte!

Vielleicht hasst er inzwischen nichts mehr auf der Welt, als am Gleis 1 des Kasseler Hauptbahnhofs zu stehen, und um 11 Uhr 1 in den Kurzzug nach Grebenstein zu steigen? Jenen Zug, in dem alles Wesentliche im Leben seiner Mutter und letztendlich auch dem Unsrigen seinen Ursprung nahm? (Indem sie vor einigen Jahrzehnten genau in *diesem* Zug ihren Mann Gerhard kennenlernte?)

Jetzt lief ich mit dem Onkel durch die Sonne nach Hause und erfuhr, daß Ebis Schwiemu "Edith" sich immer sehr über ein neues Gesicht freut, während ihr Mann "Jünther" ein Misantrop sei - und das, obwohl er doch letztendlich selber ein Mensch ist!

Der Onkel Ebi begrüßte das kleine, verglimmende Lebenslicht im Rollstuhl erstmal nicht.
"Ich muß ganz dringend auf´s Klo!" sagte er, dem Sinne des Satzes nach merkwürdig schwunglos und verdrossen, und verschwand ganz lange dort, so wie ein an Obstipation Laborierender.
Doch da es hinterher so roch wie immer, kann (darf) man annehmen, daß der Onkel seinen Kopf aus dem Fenster gesteckt hatte und ein um´s andere mal "Ich HALTE es nicht mehr aus!!" gemurmelt hat.

Leider brachte der gestreßte Onkel gleich eine Anspannung in die Wohnung, obwohl er doch gleich so liebevoll für uns kochte.
Als ich auf meiner Violine übte, riss der Onkel kulturbeflissen die Türe auf, um ein bißchen an meinen Klängen zu naschen.
(Schreibe ich hier ein wenig zu pathetisch?)
Nach einer Weile gab´s ein köstliches und wunderschönes Essen: Zarten Schinken, kunstvoll auf den geschmackvollen Tellern ausgebreitet, Spargelspitzen, Buttersößle, Kartoffeln, und hinzu wurde erlesener Wein aus der Flakonflasche gereicht.
Der Onkel mit seiner stark loggoröhdämpfenden Wirkung wirkte müd und leidend, und saß mit geschlossenen Augen am Tisch, so daß wir uns leicht beklommen fühlten.

Fast alles, was die Omi sagt, geht dem Onkel auf erschreckende Weise auf die Nerven, so daß die Omi unter einem gewissen Erfolgszwang steht.

Der Onkel sprach davon, auf dem Marktplatz einen Cappuccino trinken zu gehen, doch er war so müd, und schlummerte lethargisch wie schon sein Vorgänger Hartmut auf dem Sofa.
In der Zwischenzeit rief mich der süße Ming an.
Ich saß auf meinem Bett im Teezimmer, und Ming saß dazu in meiner Ohrmuschel.
Es ging um mein Konzert in Berlin.
Ming erzählte, daß er allgemein ungern enttäuscht, doch die Vernunft rät ihm in diesem Falle, doch nicht nach Berlin zu meinem Konzert zu kommen.

Dann lief ich mit dem Onkel Ebi auf den Markt. Wieder fühlte ich mich in der Aura des chronisch Leidenden verlegen und beklommen, zumal sich der Onkel eine Spezialbrille gegen Pollenflug übergezogen hatte, womit er wie ein Wesen von einem fernen Stern ausschaute.

Man möchte plaudern, doch die Plauderdoc´s im Gehirn sind alle abgesperrt (*„hat ein Problem festgestellt, und konnte nicht geöffnet werden"*).
Man kann gar nicht abschätzen, ob der Onkel über eine köstliche kleine Anekdote, die man eventuell erzählen könnte, überhaupt lacht, oder ob ein vermeintlicher Scherz am Ende unbelacht windschief und verlegenheitstreibend im Raume stehen bleibt?

Nach Art eines Professors überquert der Onkel die Straße immer bei Rot.

Wir setzten uns an ein kleines Tischchen auf dem Marktplatz, und nun hub der Onkel wiederum zu einer Babbelage an, zu der ich als Frau nicht so recht wußte, wie sie aufzufassen sei? Ironisch, angeekelt vom Weltbild und der allgemeinen Unbildung, oder eher unterhaltsam pointiert? Er zitierte Passagen seiner Studenten aus dem Bereich der Kunsthistorie.

Auf dem Heimweg erzählte mir der Onkel zynisch verzwirbelte Geschichten über die FDP und deren antisemitischen Gedankengut.
(Er rankte Worte drum, die leicht an das böse Uschilein mit ihrem übertriebenen und dickaufgetragenen Anti-Antisemitismus erinnerten.)

Bloß mit dem Unterschied, daß Worte dieser Art beim Uschilein einzig und allein dem Zwecke dienten, das Gegenüber in ein beschämendes und erbärmliches Licht zu rücken.

Ich erzählte von Buzens Spezi Yossi, der einfach die deutsche Nationalhymne geschmäht hat.
„Isch kann das nischt hören, ohne daß mir ö ö schlecht wird!" sagte er mal blöde, und dabei stammt die wunderschöne und ergreifende Melodie doch von Joseph Haydn!

Ganz früher, als er noch sehr unreif war, da war er noch ein echter Nazi, und sagte Rehleins knallhart, der größte Fehler vom Hitler sei´s gewesen, daß der seine (Yossis) Eltern nicht auch noch vergast habe!

Dann aber stülpte er seine Gesinnung wieder um, weil es geheißen hat, dies sei besser für die Karriere.

Daheim gab´s bald Tee.

Einmal sagte der Eberhard auf seine poltrige Art "Mädchen!" zu mir, und die Omi hatte sich so nett gemerkt, daß man das nicht darf. Der Eberhard meinte, er habe es doch von ihr gelernt, und parodierte, wie die Omi alle Frauen zwischen 0 und 100 einfach "Mädchen" nennt.

Meine süße kleine Omi kam mir so schüchtern vor.

"Komm, veräppel mich nicht. Ich bin schon äppelig genug!" mobilisierte sie ein bißchen Humor, damit wir jungen Leute noch ein bißchen Freude an ihr haben sollten, und ich liebte die Omi unglaublich!

Dann kam Frau Reimich:

Wir erfuhren allerhand:

Daß Frau Reimichs Mutti, die am gleichen Tag Geburtstag hatte wie ich, mit 65 Jahren an einem jähen Herzinfarkt starb. Der Vater - 74 Jahre alt - lebt noch. Nur 14 Tage nach dem Tod seiner Frau heiratete er eine Neue. Heute lebt er ein paar Straßen weiter in Hofgeismar, doch man sieht sich nie.

Früher dachte Frau Reimich, er wäre ein toller Papa, weil er nicht rauchte und nicht trank, doch heute gratuliert er nie zum Geburtstag, und über die Schwelle von Frau Reimichs Haus hat er auch noch nie einen Fuß gesetzt.

Die Omi wirkte etwas grantig bei diesen Worten, sagte ganz oft: "Unsinn!" und hieb hi und da dazu mit der Hand auf den Tisch.

Später sagte sie dem Onkel Ebi, daß ich immer in das schreckliche Buch schreibe!

"Die Omi findet alles was ich mache, schrecklich!" sagte ich, wenn auch frei von bitterem Beiklang. Davon ist die Omi wieder nett geworden.

Verschwörerisch erzählte ich Frau Reimich, daß mein Onkel sehr dramatisch sei, und tatsächlich ließ das Drama nicht sehr lange auf sich warten, da der Onkel seine Hose bekleckerte.

Frau Reimich rubbelte am Waschbecken an den besudelten Beinkleidern herum, und ich erzählte wie es wäre, wenn mein Onkel prominent wäre, was er seinen großen Gaben zufolge eigentlich sein müßte:

Dann würde in der BILD-Zeitung über ihn zu lesen stehen:

"Zieht er das Drama an?"

Über diese Worte lachte Frau Reimich herzlich.

Bald darauf lag es in den Lüften, daß ich meinen Besuch bei der Edith machen, und mit der Zeitungsüberbringung kombinieren solle.

Im Hof hängte Frau Reimich die Wäsche auf.

Ich erfuhr, daß sie früher in Rußland in einem großen Kaufhaus geputzt hat, und keinerlei Anerkennung für ihre Arbeit bekam.

Mit diesem Wissen behaftet lief ich zur Edith.

Ediths Ehemann Hans öffnete mir schwerfällig mit der Bierflasche in der Hand die Haustür, hatte aber trotz seiner Taubheit eine entspannende Wellenlänge zu mir. Auf lose Weise scherzend sagte ich: "Ich bin die Zeitungsfee!" doch er hörte es nicht.

Dann rief er nach der Edith und bemerkte gar nicht, daß sie doch bereits hinter ihm stand.

Die Edith, erschöpft von einem anstrengenden, unergiebigen Tag, bat mich in den Garten hinaus. Der Garten sah so schön aus, und nach einer Weile wunk uns Omi Kionczyk von oben aus dem Fenster zu und lud uns ein, heraufzukommen.

"Nachher!" sagte ich vage, da ich tief im Inneren vielleicht nicht sooo spitz auf die Babbelagen der alten Dame war?

Die Edith bot mir einen Apfelsaft an und frug mich, wo ich wohl lieber sitzen wolle? Ich saß gerade müde einfach auf der Holzbank, und die Edith polsterte einen Gartenstuhl für mich aus.

Omi Kionzyk bemühte sich trotz ihres vorangeschrittenen Alters von 82 ½ Jahren nochmals die Stiegen herab, und hatte einen gekrümmten Spazierstock dabei.

Sie umarmte mich so herzlich, und wir schauten die Fotoalben an, die sie mitgebracht hatte.

Auf einem Foto sah man meinen Großonkel Christian (1902 - 1990) im Kreise einer geselligen Runde abgebildet, und die Omi auf dem Foto, das vor etwa 15 Jahren geschossen wurde, sah sehr ernst, fast ein wenig streng, so doch sehr schön aus.

Zum Schluß holte Omi Kionczyk ein Buch über Deutsch Proben (einem Ort in der heutigen Slowakei) herbei, und die Edith stöhnte ein bißchen, weil die Mutti bei ihrem Thema wieder kein Ende fand. Ich aber blieb ganz warm.

Am Abend schauten wir einen bayrischen Film an: **Mein Sohn, der Nazi** über welchen die Oma während der Woche schon oftmals "Ach Quatsch! Den wollen wir nicht sehen!" gesagt hatte.
Eigentlich handelte es sich nur um eine Reportage, und Mutter und Sohn argumentierten so herum.
Die Mutter völlig entgeistert, der Sohn unreif bis dort hinaus.

Der mißratene Sohn sagte gar, er sei jetzt größer als sie, und wenn sie ihn nochmal unterbricht, so könne es passieren, daß er ihr auf´s Maul haut.

Jener Herr, der im Jahre 1986 in Deggendorf die 17-jährige ermordet hat, und somit 16 Jahre lang unerkannt als Mörder unter uns lebte, bekam nun doch ein "Lebenslang" aufgebrummt, obwohl er als Rettungssanitäter doch auch sooo viele Menschenleben gerettet hat.

Er, der doch schon so oft Reue bekundet und "Entschuldigung" gesagt hat, war so unglücklich!

Samstag, 18. Mai
Grebenstein - Blankenfelde

Schön sonnig

Eigentlich eine Zumutung von der Omi, uns jeden Tag so früh springen zu lassen. Etwas worüber - so Edith - der Gerhard, wenn auch in gutmütigem Tonfall, ebenfalls gestöhnt habe.
"Sieh doch mal nach, ob der Eberhard noch schläft. Ich glaube der ist weg!" sagte das dünne Knochengestell im Bett aufdringlich und herbeibeschwörend, da es die Omi ganz nervös stimmen würde, wenn das Bett noch nicht zusammengerollt, und der Tisch noch immer von Ebis Weinflaschen vollgestellt wäre.
Da trat der Eberhard verschlafen ins Zimmer.
"Willst du frische Brötchen haben?" frug der Onkel bettverkrächzt, da er anderen, ohne große Worte zu machen, gern Gutes tut.
"Au ja!" rief ich positiv und frühlingshaft.
Als er weg war, packte mich dann aber doch wieder ein leichter Omi-Koller, als die Omi das geblümte Handtuch, das ich ihr herbeigebracht hatte, aufdringlichst für falsch erklärte.

Ich packte für meine Reise und kam nur langsam voran, da ich mein gesamtes Hab & Gut auf häßlich-unordentliche Weise in Omis Teezimmer verteilt hatte.

Bei einem von vielen Gängen zum Auto sagte ich im Flur ganz kurzangebunden wie die Helferin: "Tschüss!" und ging.

Und nun wunderte ich mich stellvertretend für die Omi, die gerade im Wohnzimmer herumwackelte, daß ich es nun auch so handhabe?

Doch der Leser ahnt´s, daß ich das nicht so im Raume stehen lassen konnte, und nach einer Weile wieder in der heimischen Stube auftauchen würde.

Jetzt beplabberte ich die Omi damit, wie unfaßbar es gewesen wäre, wenn ich tatsächlich nur "Tschüss!" gebrummt, und gegangen wäre.

"Doch so machen es Millionen!" sagte ich und beugte mich dazu aus dem Fenster.
"Das muß man sich mal vorstellen: Mil-li-ooo-nen!" (Ich färbte es ein, als sei´s ein Politikum)

Dadurch, daß die Zeitung nicht gekommen war, mutmaßte ich herum, daß die Edith heut morgen tot im Bett lag und stellte mir, die Omi von der Seite betrachtend vor, wie´s wohl ist, wenn alle Leute um sie herum jetzt so allmählich hinwegsterben, und bloß sie immer da bleibt?

Ich erzählte der Omi von den Japanern, deren Leben morgens entsetzlich und abends sehr schön sei. Ich scherte somit alle Japaner über einen Kamm, solcherart als handele es sich um Sardinen, die alle gleich aussehen, und alle das Gleiche machen.

Morgens, wenn sie zwei Stunden lang eingekeilt und luftdicht gestützt von anderen stehenden Schlaftrunkenen in der S-Bahn fahren, können sie sich schon auf das schöne Ofuro* am Abend vorfreuen, und abends im Ofuro, können sie sich wiederum auf den Morgen in der S-Bahn vorgrausen.

*Japanisches Bad. Bis zu den Ohren sitzt man in einem Waschzuber, und lässt sich massieren und bebürsten

Onkel Ebi begleitete mich zum Auto und erzählte mir noch eine wunderliche Katzengeschichte. Doch dadurch, daß der Onkel immer so viel Pathos in seine Stimme legt, höre ich immer nicht so recht auf den Inhalt seiner Worte und lausche eher dem Klang der Musik.

Abends war ich allein in Blankenfelde.

Das Haus insgesamt ist vielleicht ein bißchen dunkel, doch wirklich wunderschön sind Küche und Bäder (zwar klein, aber so ashramsartig und fein).

Weniger schön finde ich, daß abends die Rolläden automatisch hinabrattern und den schönen Frühlingstag vorzeitig hinausquetschen.

Ich finde den Garten mit der Wäschespinne allerdings so schön, weil er mich so an den Garten der Kionczyks erinnert, und grad wie bei denen hört man auch hier in der Ferne die Eisenbahn schnaufen.

Auf dem Fernseher steht ein so sagenhaft süßes Foto vom Onkel Andi, mit seinem fröhlichen Hunnengesicht.

Sonntag, 19. Mai

Regnerisch. Bräunlich verhangen

Ganz besonnen wollte ich den Berlinplan studieren, den der Onkel Andi so nett für mich auf den Tisch gelegt hatte. Doch für mich war's ein Buch mit sieben Siegeln.

Ich fühlte mich wie vor einer Prüfung stehend, solcherart, als ränne die Zeit unbarmherzig.

Man sitzt mit dem Buche da, verbeißt sich in ein völlig unbedeutendes Detail, und ist schließlich nach dem Studium des Plans genauso ratlos wie zuvor.

Als ich mich anschickte loszufahren, regnete es draußen schwer.

Nun war es 12 Uhr 35, und um 16 Uhr sollte das Konzert im französischen Dom steigen, der ab 14 Uhr geöffnet sei.

Für einen kurzen Moment wurde ich vom Gefühl bewegt, mich noch nie in einer solch mißlichen Lage befunden zu haben, denn welcher Teufel hatte mich bloß geritten, daß ich *jetzt* erst wegfuhr?!

Zuvor hatte ich noch eine Ärgerlichkeit die hätte passieren *können* abgewehrt, so daß ich jetzt eigentlich hätte froh sein dürfen.

Ich klammerte mich daran, als sei's ein Fröhigkeitshalm, um meine Laune im Gleichgewicht zu halten: Es hätte mir nämlich passieren können, daß die Haustür zufällt, und der Schlüssel innen steckengeblieben wäre – und die Lohses in der anderen Doppelhaushälfte befanden sich auf Maloche.

Doch dies war gottlob nicht passiert.

In triefendem Regen fuhr ich ab.

Zum Teil war die Fahrt sehr ungemütlich, weil man die Spur im Regen kaum sah.

Hi und da glaubte ich, mich verfahren zu haben, und man weiß ja, was das in der Großstadt bedeutet!

Doch dann gewahrte ich das Schild "Unter den Linden" und konnte es kaum fassen, nach nur 48 Minuten einen Parkplatz in der Französischen Straße gefunden zu haben.

Bald darauf fand ich auch den französischen Dom, der so stramm und unverrückbar dasteht wie das Emmendinger Rathaus, und in welchem man auch noch fein essen kann: Weiße Tischtücher, gestärkte Servietten, gedämpfte Säuselmusik, von der man sich nach einer Weile ganz benommen fühlt…

Ich nahm an einem kleinen Einzeltisch Platz und war ganz enttäuscht, daß meine Kellnerin so farblos war. Nett fand ich allerdings, daß sie mir eine schlanke, weiße Kerze anzündete, um eine feine Atmosphäre zu zaubern.

Später brachte sie mir dann leider die falsche Mahlzeit.

Ich hatte "Austernpilze mit rotem Reis" bestellt und bekam "Rohen Lachs mit Salat und Rösti".

Von der Ferne sah ich, wie die Kellnerin resigniert aufseufzte, weil sie einen Fehler gemacht hat.

"Macht nichts!" sagte ich nett, weil ich mich mit dem neuen Gericht schon angewärmt hatte - solcherart vielleicht wie eine Adoptivmutti die ausdrücklich ein asiatisches Baby verlangt hat, und der nun irrtümlich ein Mohrenbaby in die Arme gelegt wird.

"Sind sie mit fünf Euro einverstanden?" frug die Kellnerin auf eine nette kleinlaute Art, so daß man sie schon lieber mochte.

"Na klar!" sagte ich erfreut und versuchte immer, der Kellnerin zu zeigen, daß ich nicht eingeschnappt sei. Draußen regnete es inzwischen klatschend und laut.

Im Französischen Dom schlug mir so viel menschliche Wärme entgegen.

Unser Freund Guntram wunderte sich, daß die Oma Ella noch lebt, denn er hatte gemeint, sie sei längst verstorben.

"Und wenn du das gemeint hast - warum hast du uns dann nicht dein Beileid ausgesprochen?" wollte ich wissen.

Zu meiner Überraschung wohnt der Guntram ganz ähnlich wie der Onkel Andi in einem schlichten aber auch feinen Haus an einem dörflichen Wegesrand.

Guntrams griechische Schwiemu hatte auf den kleinen, dicken Jakob Obacht gegeben.

Der gedrungene kleine Kerl musterte mich finster und mißtrauisch, so wie´s vielleicht auch der zweijährige Wolodos* an seiner Stelle getan hätte?
*Berühmter Pianist mit leicht lugubrer Ausstahlung

Später saßen wir gemütlich am Tisch, aßen Pralinen und ganz kleine Puppenbröter.
(Ganze Brotlaibe im Miniaturformat. Eine Originalität)
Man legte ein Video ein, worauf der kleine Paul, begleitet von Mutti Maria am Klavier, bei „Jugend Musiziert" ein Schnaderhüpfl von Wienjawski auf seiner Violine spielt.
Beim Videoschauen hielt ich den kleinen Jakob, der schon jetzt einen regelrechten Bierbauch hat auf dem man umeinandertrommeln kann, auf den Knien.
Zum Feuer der Musik führte ich dirigentische Wedelbewegungen mit seinen gepolsterten Händchen aus.

Montag, 20. Mai

Sonnig. Es wurde immer schöner

Am Morgen ging´s mir seelisch ganz schlecht. Schwere Gedanken stoben mir durch´s Hirn und zersetzten meine ganze Fröhlichkeit. Mir schien´s gar so, als gäbe es in meinem derzeitigen Leben nichts, worüber ich besonders fröhlich sein könnte.

Wie ein Mühlstein lastete beispielsweise das Konzert in Drensteinfurt auf mir, auf das ich mich nur mittelmäßig vorbereitet habe, - und meine Zukunft als musikalischer Niemand lag grau und trübe vor mir.

Mit einem gedanklichen Seitenblick auf die Gloria dachte ich an Frau Wachtenberg und ihr schlimmes Schicksal, daß theoretisch auch mir blühen könnte:

Ihre Mutti starb vorzeitig, und der Vater heiratete eine hocharrogante Russin, die sich nun als Dame des Hauses aufspielt, und „keinen Besuch wünscht".

Zuerst übte ich, und nach einer Weile fuhr ich zur Tankstelle, die etwas mehr, als nur eine Tankstelle für mich ist: Nämlich außerdem eine Auratankstelle, wo ich meinen Auratank füllen könnte.

Eine nette, etwas verhärmte Frau half mir beim Reifendruckmessen, und als ich mich bedankte, lächelte sie mich so nett an, daß ich später, als ich beim Kaffeetrinken eingeigelt in der Küche saß, über sie nachdenken mußte. Ich stellte mir vor, ich lebte ganz allein und einsam hier, und wäre in diesem dünnbesiedelten seltsam toten Ort innerlich mobilisiert, mich mit dieser alten, verhärmten und doch netten Frau aus der Tankstelle zu befreunden.

Ich könnte ihr einen Brief schreiben, und an der Theke warten, bis ich dran käme. Wenn sie mich dann fragend anschaut, dann könnte ich sagen:

"Ich hab Ihnen einen Brief geschrieben."

In dem Brief stünde dann zu lesen:

Sie haben mich heute Vormittag so freundlich angelächelt.
Das Lächeln erinnerte mich an meine verstorbene Großtante Marie

In der Tankstelle hatte ich mir nur kulinarischen Unfug gekauft: Ein warmgebackenes Brötchen, das ich später mit Schinken füllte, und ein Magnum.

Ich lebte nach der 15 minütigen Stopuhrmethode, und fast – eigentlich immer – kam „üben" dran, und auf meiner neuen Geige tönte es ganz laut durch das leere Haus, so daß ich währenddessen die Gedanken ganz automatisch zur Frau Lohse nebenan hingesandt habe, die sich das alles anhören muß.

Ich stellte mir vor, daß Frau Lohse auch eine jener einsamen Ehefrauen sei:

Morgens verlässt ihr braver Mann Josef das Haus, (ein lieber Mann, der buzesgleich so ausschaut, als habe er noch nie einen wüsten Gedanken gehabt) und sie in ihrem ordentlichen Heim weiß nie so recht, was tun? *Man hat es versäumt, klavierspielen zu lernen, und nun fühlt sie sich zu alt dazu, einen leeren Sack „Könnens" in die Musikschule zu tragen, um ihn auffüllen zu lassen?*

Der Hund vom Nachbarn schien mir verstorben zu sein, weil er so seltsam plattgewalzt und ausgestreckt in der Sonne lag, und ich stellte mir vor, *wie er einfach aus unerklärlichen Gründen von seinem eigenen Fraule vergiftet worden war?*

Wenn man klingelt, um der Nachbarin die traurige Botschaft zu überbringen, sagt sie überraschend:
"Ich weiß. Ich selber habe ihm das Gift verabreicht".
(Eine Geschichte wie aus Amerika.)

Einmal ereilte mich ein stark rauschendes Telefonat aus dem Auto: Andi & Lisel mit ihrem Hund Ada bewegten sich auf mich zu, und es seien nurmehr 200 km, die uns trennten...In der Tat kamen sie dann auch bald, und gleich von der ersten Sekunde an war's so schön mit ihnen!

Der Andi begab sich gleich in den zweiten Stock hinauf, um die unzähligen portugalvideoartigen Digitalfotos, die er geschossen hat, auf dem Computer abzuladen.

*Das Portugal-Video: Ein Video, das Buzen unvergesslich bleiben wird, und einen festen Bestandteil seiner Erinnerungen bildet, denn noch nie in seinem Leben sei er so müd gewesen wie damals, als das Portugal-Video vorgeführt wurde. Man sah unzählige Biertischtypen am Strand herumwuseln...

In der Küche beplauderte ich die Lisel, indem ich ihr plastisch von ihrem Schwippvetter* Martin erzählte, der genauso ausschaue wie der Andi, und ebenfalls eine zirka 18 Jahre ältere Frau hat.
*Vetter ihres Mannes

Zuweilen springt die Lisel leider etwas mahnend und nörglerisch mit dem Anderle um. Sie nennt ihn, wenn auch gutmütig „Opa den II." und einmal, am Nachmittag, gestand sie mir, daß sie sehr grätig mit dem Andi umgehe, doch er fiele ihr z.Zt. so auf die

Nerven! Einfach nur, weil er da ist, und es so langweilig mit ihm sei.

Mir aber gefielen diese Worte nicht, und ich wurde traurig davon.

Ich liebe Andi & Lisel, nicht zuletzt als eheliche Einheit, unendlich!

Im Auto auf einer Reise in die Brandenburger Schönheit hinein:

Wir sprachen über die Nachbarn, die gar nicht miteinander verheiratet sind.

Andi & Lisel sind ein bißchen enttäuscht von ihnen, denn am Anfang des gemeinsamen Einzuges hatte es Spannungen gegeben:

Der Andi war fünf Wochen lang krank, und die Lohses hatten sich wohl erhofft, der Hausbau würde etwas zügiger fortschreiten. Sie zogen im Duett ein langes Gesicht, statt sich mitfühlend nach Andis Gesundheit zu erkundigen.

Der Andi erzählte, wie er morgens mit ihnen gemeinsam mit der Bahn zur Arbeit zu fahren pflegt, doch sie setzen sich immer auf eine enge Zweierbank nebeneinander, so daß man sich nicht zu ihnen gesellen und plaudern kann.

Zuerst machten wir einen Spaziergang.
Unterwegs kauften wir an einem Straßenstand Beelitzer Spargel, und dann spazierten wir an einer Stelle herum, die ich so sagenhaft schön fand. Es sah ein bißchen aus wie in Ostfriesland, und doch ganz anders:

Brandenburgerisch üppig und grün, wie vor hundert Jahren oder wie damals, als Mobbls Bruder Paul noch gelebt hat.

Wir Erwachsenen amüsierten uns über die Ada, die beständig ein Bad nahm, und sich hernach schüttelte, so daß es gespritzt hat.

Bald darauf lernten wir ein Ehepaar kennen: Stolze Besitzer des Boxerhundes „Ikke", der sich mit der Ada eine Rumbalgerei bzw. Hinterherrennerei lieferte, wie´s Hunde so an sich haben.

Verzückt ließ Herrchen Andi die Kamera aufsurren.

Die übergewichtige Frau sah aus wie eine Kandidatin bei „Vera am Mittag" und sagte über ihren eigenen Hund, er sei ein ekelhafter Macho-Typ!

Die Hunde spielten in einer belebten Badekuhle, in der auch Kinder in bunten Badeanzügen zur Hälfte im Wasser staken, und hi und da stürmten neue Hunde herbei.

Der rührende Andi schoß ganz viele Bilder mit seiner Digitalkamera, und hat so viel Freude an seinem Hund, wie es Rehlein an uns Kindern hat!

Dann waren wir am See angelangt, wo man adventskalenderartig 24 nummerierte Strandkörbe blitzen sah. Sogar Bänke stehen am Wasser, und wir waren gekommen, um den Sonnenuntergang zu genießen.

Ich wollte Andi & Lisel auf der Bank fotografieren, da mich der Anblick an ein Gemälde von Spitzweg erinnert hat, und der Andi sagte: "Geh doch zwei Schritte zurück!" und schüttete sich aus vor Lachen, weil ich doch dann ins Wasser gefallen wäre!

Die putzlumpenfarbene Ada, die zuhause meist träge wie ein hechelnder Bettvorleger herumzuliegen pflegt, wurde unglaublich lebendig und lustig, weil noch andere Hunde zugegen waren, und erinnerte mich somit leicht an Buz, der auch deutlich mehr Stimmung zu mobilisieren versteht, wenn Artgenossen um ihn herum sind.

Einmal erschreckte sie fünf junge Fräuleins, die auf einer Decke ein Tabak-Picknick einnahmen, und bald darauf wurde uns ein lustiges Hundeballett geboten:
Zunächst tobten zwei, und später drei Hunde auf der schönen, großzügig dahingeworfenen Wiese herum.

Die Ada hatte ein Stöckchen, das für einen anderen Hund gedacht war im Maul, und rannte damit davon. Im Sonnenlicht tanzten Moskito-Schwärme, und auf der Seeoberfläche schwammen zwei Schwäne (ein Ehepaar) synchron.

Ich erfuhr, daß der Mann von Lisels Nichte mit 42 Jahren eine Meningitis bekam und starb. Und während mir die Lisel diese bekümmerliche Geschichte erzählte, schrammte die Ada beim Toben an eine Bank, und jaulte auf.

Dann fuhren wir heim. Der Andi, für den das Leben, laut Omi Mobbl, ein Räuber und Schandarmen-Spiel ist, fuhr zuweilen wie ein Henker, so daß Rehlein wild und böse geworden wäre.

An einem Bahnübergang stand ein Mann mit einem Tuchrucksack, der so ausschaute, als habe er daheim gesagt: "Mich seht ihr hier nicht mehr!" und sich nun auf dem Wege befand, wegzugehen – für immer.

Daheim stellte die Lisel ihre Rhabarbertorte in die Mikrowelle, und wenig später hielten wir eine erfüllende Jausenstunde im Garten ab. Hierzu gab´s neben der Rhabarbertorte vergitterte Waffeln mit Nutella oder Marmelade, und unter anderem sprachen wir darüber, daß Onkel Döleins Sohn David demnächst nach Europa kommt, und darüber mit welch rührendem Eifer Onkel Dölein die Europareise für seine Kinder geplant hat.
Bloß, daß der David hier am Ende genau das Gleiche macht, was er immer macht, und weswegen man weiß Gott nicht extra nach Europa hätte reisen müssen?
Er beugt sich vielleicht gekrümmt in ein Buch hinein.
Der David spricht kein Deutsch, die Lisel kein Englisch.
Die Lisel denkt gequält, man müsse dem sonderbaren Gast die Sehenswürdigkeiten von Blankenfelde vorführen, und der David denkt vielleicht tief in seinem Inneren: "Hoffentlich verschonen die mich mit ihrer albernen Schönfinderei?!"

Dienstag, 21. Mai
Blankenfelde - Aurich

Schön sonnig

Heut schlief ich hier zum ersten Mal richtig gut, weil Andi & Lisel da waren, und ich mich bei ihnen so glücklich und geborgen fühle. Früher waren die Großeltern die größte Freude in meinem Leben, und heut sind's neben Rehlein, Buz & Ming, Andi & Lisel.

Ich packe mein Auto und erlebte es hautnah mit, wie Frau Lohse, geschminkt und beruflich bedingt etwas unpersönlicher als neulich, zu so früher Morgenstunde bereits das Haus verließ, um mit der S2 zum Dienst zu streben. Vielleicht sogar extra früh, um nicht in die selbe S-Bahn steigen zu müssen wie der Andi, da sich eine unangenehme Verlegenheit zwischen die Nachbarn gestohlen hat - ähnelnd jener unter Trossinger Kollegen.

Man möchte sich selber ausradieren, um vom Nachbarn so schnell als möglich vergessen zu werden.

Die Lisel schmierte dem Andi vier Brote und belegte sie nett und dick mit Käse.

Ich erfuhr, daß die Arbei dem Andi Freude macht. Eine Arbeit unter der ich mir gar nichts Rechtes vorstellen kann: Er repariert PCs im Bundestag, wo ja ständig irgendetwas mit den Computern im Unlot ist - und ich hatte immer gemeint, er mache etwas Politisches!

Frühstück mit meinen Lieben:
Bei einem Thema wurde ich vergnügt:
Was wir heute für glorifizierende Gedanken für den Opa hegen würden, wenn er damals im Jahre 1972 in Bangkok verstorben wäre, und wie Rehlein Buz heut wohl glorifizieren würde, wenn dieser durch eine Verkettung tragischer Umstände bereits mit 24 Jahren ums Leben gekommen wäre? Bei <u>allem</u> würde Rehlein bewundernd denken: "Wie der *Wolf* diese Situation jetzt gemeistert hätte!"
Wenn man dann beispielsweise Andis schönes neues Haus besichtigt, so würde Rehlein denken: "Wie der *Wolf* erst die Fließen gelegt hätte!"
Da halt "der Wolf" nur durch sein Erscheinen eine so tiefe Rille in Rehleins Hirn geschlagen hat.
Eine Rille, tief wie ein Graben, und jeder andere Gedanke in Rehleins Hirn muß erst mal zusehen, wie er über diesen tiefen Graben hüpft!
Der Andi hatte heute einen Zuckerwert von 152, und erst ab 160 sei´s krankhaft.

Kurioserweise sinkt der Wert immer, wenn der Andi vor dem Schlafengehen eine halbe Tafel Schokolade ißt, und der süße Andi vergnügte sich auf seine unnachahmliche Weise über dies Kuriosum.
Dann mußte aber leider bald Abschied genommen werden.

Der Andi küsste die Lisel, so wie es von einem guten Ehemann erwartet wird, nett auf den Mund, mir als Nichte ließ er eine Umarmung angedeihen, und der Ada tätschelte er das warme Hundehaupt - und dennoch spürte man, daß ihm der Hund von uns dreien wohl am meisten bedeutet.

Wenig später konnte man durch die Neureichenglastüre sehen, wie sich der Andi unaufhaltsam aus unserem Leben entfernte und schließlich verschwand.

Auf die Lisel, von der ich ja dummerweise immer denk, sie *sei* schon 70, und dabei ist sie doch erst 69, wartete somit ein sonniger aber einsamer Tag.

Jemand der sich noch nicht zum alten Eisen zugehörig fühlt, ist somit zur Rentnerei verdammt, und Lisels Einsamkeit ist nur durch Adas Aura ein bißchen gemildert.

Schweren Herzens fuhr ich um 7 Uhr 45 bei schönstem Sonnenscheine ab.

Ich robbte mich auf die Autobahn Richtung Magdeburg und verließ selbige bis zur Abfahrt "Filsum" nicht mehr, so daß es auf meiner Reise praktisch überall gleich ausschaute.

Daheim in Aurich:

Buz war ein bißchen betrübt, weil das Jade-Quartett doch nicht ins Finale gekommen war.

Die Han-Lin hatte Buzen erzählt, daß die anderen sie früh morgens mit ihren Gebeten so gestört hätten, daß sie ganz unausgeschlafen war, und sich an einer

Stelle verspielt hatte. Die Gebete hätten somit genau das Gegenteil dessen bewirkt, was sie hätten bewirken sollen!

Beim Abendessen erzählte ich Buzen vom Orakel, daß die Omi drei ihrer vier Kinder überleben wird.
"Das könnte passieren," sagte Buz niedergeschlagen und besorgt.
Buz selber mag es nicht so gern, wenn über Zipperlein geredet wird, doch die meisten lieben es, und so erzählte ich noch ganz schnell die Geschichte vom Mann von Lisels Nichte, der an Meningitis starb.

Abends vermisste ich Rehlein schrecklich.

Mittwoch, 22. Mai

Zuerst sonnig.
Doch dann wurde das Wetter mehlig,
und hernach regnete es

Seit gestern Abend tun meine beiden Augen so weh, daß ein Besuch beim Augenarzt so quasi zum Muß wurde.
Läppischerweise war´s mir etwas peinlich, daß ich schon wieder den Augenarzt Herrn Dr. Nehls am Marktplatz aufsuche, und dabei ist er doch nur zu diesem Zwecke da!

Mit dem Sich-erheben hatte ich am Morgen Müh´, weil mich der bevorstehende Besuch beim Augenarzt so grauste.

Etwas, was ich einfach nicht gewöhnt bin und was mich immer mit unschönem Lampenfieber erfüllt und an jene Zeiten erinnert, wenn man schlecht vorbereitet zu einer Prüfung antrat:

Eine Arztpraxis zu betreten.

Also rief ich Ming herbei, der mich wachbusseln sollte. Ming legte meine Füße hinter sein Schulterblatt und massierte mir die Waderln, so daß es durch´s Fenster von der Ferne ausgesehen haben mag wie damals bei der Zehenlutschnummer mit der Fergie?

"Diese Brille ist von einer unglaublichen Häßlichkeit!" sagte Buz über meine Brille, weil er über mich immer gerne etwas Schmähendes sagt, und schaute Ming beifallsheischend an.

Die Warterei beim Augenarzt läuft - so wie ja vielleicht das ganze Leben - in drei Schichten ab:

Nach der Loswarterei in gedämpfter Atmosphäre im Wartezimmer muß man auf den Sozialamtssitzen vor der Türe Platz nehmen, und hernach sitzt man eine ganze Weile lang allein und nicht wissend wohin mit seinem Tatendrang im Chefzimmer.

Zuvor noch interviewte mich ein Fräulein über meine Brille, und kapierte die ganze Zeit nicht, daß ich die Brille nur mehr oder minder zur Zierde auf der Nase trug, da es eine Brille aus der Kindheit ist, die mein heutiges Sichtbild nur unwesentlich verbessert.

Sie ging allerdings nicht darauf ein und bestand darauf, meine Sehrkraft *durch* die fettigen Brillengläser hindurch zu testen. Doch die Zahlen auf der Sehprobentafel sahen durch die viel zu schwache Brille völlig verwischt aus.

Später stoppte ich die Behandlungszeit heimlich ab: Genau 13 Sekunden! Herrn Dr. Nehls, einem ungewöhnlich gutaussehenden Herrn, mit seinem geschmackvoll gezwirbeltem Oberlippenbart an einen großen russischen Komponisten erinnernd, eilt der Ruf voraus, der knappste Mensch zu sein, den man sich überhaupt vorstellen kann. Er schaut eine Sekunde in jedes Auge, kritzelt etwas auf einen Rezeptblock, und weg isser....Doch das, was er verschreibt nutzt, und was will man mehr?

Daheim war ich froh, daß Ming daheim war, denn durch meine Augenentzündung fühlte ich mich so lahm und ausgebrannt.

Ich hatte das Gefühl, für das übermorgige Konzert ganz wahnwitzig üben zu müssen, und fühlte mich doch wie gelähmt.

Donnerstag, 23. Mai

Grau und regnerisch.
Nur am Spätnachmittag wurde
die trübe Wetterlage kurz in Sonnenglanz getunkt

Irgendjemand hat uns ein neues Teeservice geschenkt!
Eines Tages stand´s einfach im Küchenschrank, und Buz hat keine Ahnung, wer uns diese Freude wohl gemacht haben könnte? (Frau Meyer?)

Als Buz sich anschickte, das Haus zu verlassen um in der Musikschule zu üben, rief ich aus: "Ach bitte bleibe noch fünf Minuten!"
Doch es lag schon in der Luft, daß Buz mir diese kleine Freude nicht machen würde.
"Ich bleibe nicht mal vier Minuten!" sagte er geistlos.
Und dann riss Buz noch eine Bemerkung darüber, daß man´s im Grunde kaum glauben könne, was ich wohl für ein Leben führe? Immer Ferien!
Eine normale Frau wäre sicherlich aufgefünscht und aufgeschäumt, um ihren Ruf als faules Luder wieder geradezubiegen, doch ich sagte nur: "Stimmt!"

Es hieß, um Eins wären wir bei der Christiane zum Mittagessen geladen, doch man durfte ja auch nicht vergessen, daß ich gestern für acht Euro Gemüse eingekauft habe, und Ming schnitt zur Mittagsstund´

alles so liebevoll klein, und bereitete uns ein kunstvolles Gemüsegericht zu, in welchem gar ein Lorbeerblatt mitschmorte.

Beständig fällt Ming irgendetwas haushaltstechnisches auf: Z.B., daß fast all unsere Töpfe am Boden schwarzgekokelt sind.

Heute freute ich mich so wahnsinnig, weil von Ming eine Postkarte aus Brügge gekommen war.

Ming schrieb unverblümt, daß der Dirigent seiner Gruppe das größte Arschloch sei, daß er jemals kennengelernt habe.

Nach einer Weile fuhren wir mit dem gewärmten Gemüsetopf in den Ahornweg.

Mutti Christiane wirbelte in der Küche herum und kam mir irgendwie so dreieckig in die Breite gegangen vor, wenn sich der Leser etwas darunter vorstellen kann?

Außer ihr war nur der kleine Hendrik daheim, der uns alle immer mit einem fast sinnlichen Kuß begrüßt. Auf dem Tisch lag sein Diktatheft, und staunend las man, daß der kleine Hendrik beim Diktat 0 Fehler gemacht habe.

Sogar ein dem Bonusheftchen in der Zahnarztpraxis nachempfundenes Bonusheft hat die Klassenlehrerin, Frau Müller-Lamprecht erfunden, und der kleine Hendrik hatte bereits zehn Stempel für fehlerfreie Diktate, so daß ihm ein schönes Geschenk wunk.

Ich erzählte von ordnungskranken Hausfrauen, die immer zwanghaft putzen und schrubben müssen und deren ganzes Leben der Ordnung untergeordnet ist.

"So bin ich auch!" sagte die Christiane, da man ja eigentlich, auch ohne zwangskrank zu sein, aus dem Putzen praktisch überhaupt nicht mehr herauskommt.

Frech wär jetzt aber natürlich gewesen, ich hätte gesagt: "Sieht man gar nicht?!"

Doch stattdessen sagte ich bloß, daß es frech gewesen wäre, wenn ich etwas derartiges gesagt hätt.

Dann begab man sich ans Klavier, wo Beethovens "Für Elise" aufgeklappt dastand, und gleich von Ming in verhohnepipelnder Form interpretiert wurde.

Ich bat Ming, einen ostfriesischen Klavierschüler zu parodieren, und Ming sagte ganz oft: "Ach neeee?"zwischen den vereinzelten Tönen und schob die Zunge zwischen die Zähne.

"Wirklich? Hat er das gesagt?" frug der kleine Hendrik interessiert.

In diesem Moment traten auch Buz und Johann zur Tür herein. Das Essen fand im Freien statt, und die Speisen wurden z.T. in edlen, zylinderförmigen Töpfen serviert.

Wir sprachen über das Jade-Quartett, und die lauten Gebete morgens, die leider nichts genutzt haben.

Dann sprachen wir über die vielen Pokale, die die Ruderer im Bekanntenkreis alle schon errudert haben, und bloß der süße Buz hat noch nie einen Geigenpokal gewonnen, weil dererlei noch nicht erfunden worden ist.

Plötzlich sagte der Hendrik: "Du bekommst einen Frauenbusen! Den Jade-Busen!"

Die Erwachsenen brachen in Gelächter aus, und der kleine Hendrik schüttelte sich in freudigem Vergnügen und vor Freude, daß er die Erwachsenen so belustigt hat.

Nach dem Essen spielte der Hendrik Buzen auf dem Cello vor, und schaute Buz dazu schelmisch an.

Die Cellolehrerin hatte in sein Celloheft geschrieben: "Alle vier Finger müssen rund aufgesetzt werden!"

Worte, über die der Pädagoge in Buzen nur stöhnen konnte.

„Brisant":

Leider ist jene vermisste Praktikantin, die eine Affäre mit einem Politiker hatte, in einem Wäldchen nahe Washington tot aufgefunden worden. Ob der Politiker etwas damit zu tun hat weiß man nicht - auf jeden Fall aber will er die Familie der Ermordeten in seine Gebete mit einschließen.

Z.Zt. ist Präsident Bush hier in Deutschland zu Besuch. Wilde Demonstranten und lauwarme, fremde Kollegen warten hier auf ihn, so daß er vielleicht froh ist, wenn er endlich ins Weiße Haus zurückkehren darf?

Am Abend kam Ruth L. zu Besuch, und ich dachte schon, der Abend sei gelaufen. Von oben hörte ich, wie sie Buz glockenhell wie ein junges Mädchen anlachte und anschmachtete, und auch wenn man das Anschmachten streng genommen nicht „hören" kann, wie ein Lektor hier wohl den Rotstift ansetzen würde, so glaubte ich doch, das elektrisch aufgeladene Anschmachtungsgeknister zu vernehmen.

Ich selber hatte mich in meinem Zimmer totgestellt.

Traditionsgemäß rief ich die Tante Irma zum Geburtstag an.

Leider begann das neue Lebensjahr für die Jubilatorin nicht so besonders:

Gestern hatte sie eine riesengroße Schachtel feinster Pralinen gekauft, um beim Englischkurs Pralinen anzubieten, und dann besuchte sie den Coiffeur, um an ihrem Jubeltag adrett auszusehen. Doch von den Chemikalien im Frisiersalon schwoll ihr ein Auge zu, so daß sie niemanden mit diesem Anblick belästigen mochte, und hinzu wurde ihr und den übrigen Hausbewohnern heut das Wasser abgedreht!

Freitag, 24. Mai
Aurich - Drensteinfurt

Zunächst sonnig,
dann Waschküchenwetter und schließlich
grau und regnerisch verquollen

Leider bin ich inzwischen so verrückt, daß mich die kleinen Mühen und Vorhaben des Alltags mit ihren gedanklichen Drumrumrankungen dermaßen erdrücken, daß man es kaum glauben mag.

Eigentlich sollte man ununterbrochen agil sein, um alles auf die Reihe zu bringen, und so begann ich den Tag mit einer förmlich unaufschiebbaren Agilität: Ich wusch mein Haupthaar und z.Zt. ist´s bei uns wiedermal so, daß das Duschwasser nicht abfließt.

Und im Geiste sah ich´s schon vor mir *wie man beim Beheben des Schadens unzählige hennarotgefärbte Haare vom Kopfe der Koreanerin vorfindet.*

Na, man will ja nichts gesagt haben.

Als Ming vom Zahnarzt zurückkehrte, war er leicht verstimmt, da noch kein Frühstück gemacht war.

Ming drohte in Sauertöpfischkeit zu versinken, doch ich packte mich am Riemen, sprang über meinen eigenen Schatten und sagte: "Ich bin selber ganz zerknirscht!" statt wie es sich anböte, einen zankeslüsternen Verteidigungswortwirbel zu machen.

Beim Frühstück erzählte mir Ming, daß er die Linda nur alle drei Monate mal anruft.

Nett und gemütlich sei sie nur wenn sie selber anruft, und wenn Ming sie anruft, steckt sie immer in Eile.

Wieder störte es mich, daß von den Erwachsenen kaum je im Leben eine Überraschung zu erwarten ist.

Es klingelte, und undenkbar wär´s nun gewesen, wenn das das Lindalein gewesen wäre, das keine Mühe gescheut hätte, zu Überraschungszwecken aus Amerika herbeizureisen. Doch nein. Frau Meyer war´s.

Wir erfuhren, daß Frau Meyer auch heuer wieder auf Kur geht: Diesmal nach Clausthal-Zellerfeld.

Am Vormittag hatte ich so viel Stress: Buz hatte mir auf´Band gesprochen, daß ich eine Unterschrift zur HUK tragen solle, und hinzu kam mein Augenleiden.

In der Graf-Enno Straße überholte ein Autofahrer auf wütende Weise einen anderen, und nun stellte ich mir fast genußvoll vor, *er habe mich auf meinem Radl beim Überholvorgang ganz einfach aufgegabelt, und plötzlich läge ich tot auf der Graf-Enno-Straße, und alles sei jäh vorbei.*

Zur Mittagsstund´ brachte ich dem kleinen Johannes das chinesische Kunstwerk, das ich ihm versprochen hatte: Ein aus Streichhölzchen und Schilf gebasteltes Stilleben hinter Glas, (einen Tempel inmitten chinesischer Vegetation, zauberhaft anzuschauen) und kaum glaublich wäre der Ärgerlichkeitspegel, wenn ich damit gestolpert, und das Glas geborsten wäre, da es eine Schicksalsschiene vom kleinen Johannes zu sein scheint, daß eine vollmundige Versprechung, die man ihm gemacht hat, aus irgendeinem mißlichen Umstand heraus nicht eingehalten werden kann.

Es kommt etwas dazwischen, der kleine Johannes heult furchtbar, und hinzu auf eine Weise, als wolle er nie wieder damit innehalten.

Mit dem Geschenk besuchte ich die Baumfalks in ihrem schönen neuen Heim.

Allgemein ist man ein bißchen überrascht, daß der kleine Johannes ein so großer China-Narr ist.

In seinem Zimmer befindet sich fast nur Chinesisches, und zum Schluß des Besuches verkleidete er sich als Chinese mit einem spitzzulaufenden Bambushut gegen die sengende Hitze, und einem chinesische Sonnenschirmchen.

Wenn er etwas älter ist, und die Zustimmung der Erziehungsberechtigten nicht mehr benötigt, so will er sich beim Schönheitschirurgen Schlitzaugen hinoperieren lassen, scherzten wir. Dann ernährt er sich hauptsächlich von gelben Rüben – bis er eines Tages ganz gelb geworden ist, und die Kinder auf der Straße „Tschin Tschang Tschong!" rufen, wenn sie ihn sehen.

Auf der Fahrt nach Drensteinfurt:
Ich las Ming ein Theaterstück von Nestroy vor, sprach wienerisch und burgschauspielerhaft und

wurde fröhlich beim Gedanken, daß ich theoretisch auch eine große Burgschauspielerin hätte werden können.

Einmal bewunken uns ein paar junge Mädchen aus einem Bus, und hielten uns einen Zettel hin.
Ming war sehr gerührt, weil er - dem Opa nicht unähnelnd - junge Mädchen so nett findet.
Auf dem Zettel stand zu lesen:
„Moin, Moin! Wie geht´s?"
"Guut!" schrieb ich nach Art von Frau Meyer ganz groß auf ein Blatt Papier, und hielt es an die Windschutzscheibe.
"Ihr seid echt cool!" schrieben die Mädchen zurück, doch bereits an jener Linksabbiegungskurve Richtung Cloppenburg trennten sich unsere Wege. Für immer.

Als wir später auf das Schloß Drensteinfurt zuliefen, stellte ich mir vor, *wie Ming hier seine Schwester, die große Burgschauspielerin besucht.*

Heute kamen so viele Verwandte zu unserem Konzert:
Gerhard und Susanne, und der müde Friedel brachte Julie und Dave aus Amerika mit.
Besonders die Julie fand ich so bezaubernd.
Einen kurzen Moment lang war mir zumute, als begrüße ich die junge Omi Mobbl.

Gerhard und Friedel begrüßten sich förmlich mit einem Händedruck, bemurmelten sich knapp und undeutlich mit ihrem Familiennamen, und mich wehte es direkt feierlich an, daß diese beiden Herren, die zuvor nichts voneinander geahnt hatten, eine ganz große Gemeinsamkeit haben: Ihren Onkel Buz!

Mit der schüchternen, zirka 15-jährigen Umblätterin, die die Stadt Drensteinfurt uns gestellt hatte, war Ming nicht so zufrieden, und so blätterte er selber.
In meinem hübschen grünen Hochglanzkleid und der Violine in der Hand stand ich bang da, während der Baron seine einführenden Worte machte, und sah mich "geigerisch schon am nächsten Baum kleben".
Doch es lief, und wir spielten mit viel Wärme (Beethovens Kreutzersonate & die Faure Sonate) einen Abend ganz in A-Dur, der Lieblingstonart Vieler von uns.

Ich plauderte mit einer sympathischen Journalistin, und fühlte mich in meinem prächtigen Kleide wie Mette-Marit, die eine Journalistin empfängt, und die Journalistin freut sich, daß die Mette so nett ist, und sich fast schon familiär anfühlt.
Mein Mettengefühl hielt an, da ich das große grüne Kleid auch zum Abendmahl trug.

Der Friedel konnte leider nicht bleiben.

Die Trennung von der Doris hat ihn sehr mitgenommen, da sie neben erleichternden auch traurige Aspekte birgt, und so schaute der arme Friedel bleich, müd und unfroh aus.

Im Moment ist die Doris sehr böse auf ihn, doch neulich traf der Friedel sie im Treppenhaus, und nahm sie spontan in den Arm.

Da spürte der Friedel, daß doch noch eine gewisse Sehnsucht vorhanden ist.

Doch er möchte die Beziehung einfach nicht mehr, da er keine Frau mit Sohn will.

Heute wollte der Friedel nach Hamburg fahren, um bei seiner neuen Freundin "Claudia" zu nächtigen.

Mit Herrn Müller vom Kulturamt, dem Baron und seiner Frau, die aus Bayern stammt, dinierten wir zu fünft in einem Schloßraum mit minzgrünen Tapeten und wurden von dem übergewichtigen und ganz stillen Lehrmädchen "Bianca" wie von Geisterhand bedient.

Zuerst wurde eine glanzrote Suppe mit einem Sahneklecks in der Mitte serviert, später Häppchen, Hildegard-von-Bingen-Plätzchen und ‚Mousse au chocolat'.

Der Abend langweilte mich, weil der Baron die ganze Zeit über Geschichtliches referierte. Ständig hörte man Versatzstücke dieser Art: "....zu Braunschweig und Schaumburg-Lippe!" und es war LANGWEILIG!

Auf den Schlafzimmertüren stand:
Bitte Türe schließen!
Etwas, was man allerdings erst lesen konnte, wenn man die Tür bereits geschlossen hatte.

Samstag, 25. Mai
Drensteinfurt - Aurich

Wechselnd:
Manchmal düstere Regenwolken mit Regen.
Dann wieder wunderschön

Morgens träufelte ich mir Augentropfen ein, und durch die Augentropfen fühlten sich die Augen erstmal so fiebrig an.
Dann weckte mich der süße Ming so unglaublich warm, wie´s nur Ming kann.
Der treue und aufmerksame Ming schaute auch gleich nach Julie & Dave, die gestern abend ganz einfach ihrem Schicksal überlassen worden waren, weil sie als Amerikaner einfach nicht so recht ins Adelsweltbild passen wollen.
Sie nächtigten somit in einem kleinen Hotel und schliefen am Morgen immer noch.

Der süße Ming war heute schon mit der Dame des Hauses ("Margarethe aus Bayern") in der Bäckerei um Brötchen zu holen.

Zuerst war´s im Hause so still, und ich sagte zu Ming:

"Der Herr ist in der Nacht an einem Insulinschock verstorben, was meinst Du?"
Da er ja gestern so viel Leckeres aß.

Doch er lebte noch, und so sprachen wir beim Frühstück über die Diabeteserkrankung des Herrn, bis die Frau ein bißchen ungeduldig wurde, warum er uns junge Leute wohl mit etwas derartig Verdrießlichem vollschwallt?

Der Herr hatte freudig über sein Leiden referiert, von dem er eigentlich gar nichts merkt, und gegen das er Tabletten einzunehmen pflegt.

"Das war gestern ein langer, aber sehr interessanter Abend", begann er nun eine Rede.

"Und den Herrn Müller vom Kulturamt, so still er auch ist, habe ich so gern."←Diesen Satz fand ich rührend, weil er zeigte, daß der schwatzhafte Herr durchaus auch einen Blick für seine Mitmenschen hat, und ich betrachtete ihn somit aus einem anderen Blickwinkel als gestern abend, als ich innerlich über sein nicht endenwollendes Referat gestöhnt hatte.

Auf seinem Kopf entdeckte ich am Ende der weißen Frisur einen ganz zarten Schnörkel, den ich entzückend fand.

Ming holte Julie & Dave ab, und trotz der Sprachbarriere kam gleich eine für mich belebende Stimmung auf.

Die Dame des Hauses wollte vom David wissen, wie ihm Deutschland gefällt – und bitte ganz ohne Höflichkeiten!

"Oh, I LOVE Germany!" hatte der David allerdings bereits angehoben, bevor Ming ihm den Fortsatz der Frage übersetzt hatte, und wir erörterten, daß der David später, wenn er das Walter-Hurst-Syndrom* bekommt, vielleicht ganz zerrissen seine Wurzeln auf zwei verschiedenen Kontinenten fühlt?

*Die Rückblicksphase, die einen ab dem 79. Jahr zunächst zu umgarnen und schließlich zu erdrücken pflegt

Man führte uns ein Video vor, das einst im WDR ausgestrahlt wurde, und vom Kochen und Essen in Schlössern und Burgen handelte.

Frau Margarethe zeigte darauf, wie man den Spinatpudding für die Fastenzeit stürzt.

Danach hat uns der Herr auch noch ein Hochzeitsvideo vorführen wollen, doch die Frau bedeutete Ming, daß er es mit seinem diplomatischen Geschick doch lieber abwimmeln möge, da sie selber es bereits über hundertmal durch die Augen diverser Gäste hindurch hat ansehen müssen!

Stattdessen gab´s jetzt eine Führung durch´s Haus, die der Herr so bereitwillig vornahm.

Interessant fand ich sein Schlafzimmer, das wirklich ausschaute wie ein echtes Schloßschlafzimmer. Jene Stelle im Bett wo von Rechts wegen seine Frau liegen müßte, hat er mit unzähligen schweren und dicken Büchern wie in der Alasco-Bibliothek bebeigt, in denen er in seinen schlaflosen Nächten herumzulesen pflegt, und aus denen er sein ganzes unerschöpfliches historisches Wissen schöpft.

Hernach erklärte uns der Herr die Ölschinken an der Wand: "Das ist der Herzog zu Braunschweig-Lippe, DER hatte es an der Bandscheibe!!!!" (so ungefähr). Na, wenn´s mal so interessant gewesen wäre!

Ich schaute auf die winzigen Öhrchen von Julie & David drauf und frug mich, was in ihrem Kopf wohl so vorgeht, zumal man sich nicht vorstellen konnte, daß der Strom an Geschichtlichem jemals wieder abreißt.

Einmal mußten Ming und ich im Treppenhaus so lachen, als der Herr sagte: "..rasend komische Geschichte. Ich könnt´ Romane erzählen!"

Man konnte mit ansehen, wie die Bianca, das neue, dickliche Hausmädchen mit ihrer neuen Hausherrin ein Tischtuch zusammenfaltete, und stellvertretend für sie erfaßte mich ein Elends- und hinzu noch ein kneippiges Einsamkeitsgefühl.

Die Hausherrin Margarethe aus Bayern kam mir plötzlich klapprig und alt vor.

Mehr noch: Mir schien, als habe sie sich ganz plötzlich und völlig gegen ihren Willen zirka 50 Jahre zu spät in Ming verliebt, und wäre nun im Angesicht der Tatsache, daß er jetzt schon wieder abreist und man sich nach menschlichem Ermessen in diesem irdischen Leben wohl nicht wiedersieht, plötzlich schlagartig alt geworden.

"In Wirklichkeit gefällt er mir viiiiiel besser!" sagte sie in kurz aufgewallter welker Leidenschaft, als sie die vielen Fotos auf Mings Goldberg-CD betrachtete, die der süße Ming ihr zum Abschied als Präsent überreicht hat.

Im Auto erfuhr ich von Ming, daß der David gestern seine Füße in den amerikanischen "Sniiikers" (Turnschuhen) einfach auf das kostbares Tischchen aufgestützt hatte, und die Dame des Hauses habe gar nicht gewußt, wie sie auf diese Stilwidrigkeit reagieren solle?
Wir fuhren zu Susanne und Gerhard, und ich bescherzte Julie und David damit, daß es nun bei denen womöglich einfach so weitergehen wird?
Der Gerhard zeigt uns die Gemälde an der Wand und sagt Dinge wie: "Das ist Clemens-August von Sachsen-Anhalt, der ja zu Braunschweig-Lippe...."

Ich rief den Tone auf dem Händi an, um mich nach dem Stand seiner Zwonkelschaft zu erkundigen: Zwei Mädchen!
Gottseidank zweieiig, denn was will man *einen* Menschen gleich zweimal haben? (Ich aber wäre sehr froh, über zwei Mings. (Fröher, als ich über den einen bin.))
Ich dachte über die Zwillinge nach: Wie sie einfach so plötzlich zu zweit auf der Welt sind, und nun zu einer Adelsfamilie gehören.
Leider waren Gerhard und Susi nicht daheim.

Sonntag, 26. Mai

Oftmals knurrige, stark verdüsternde Wolkenbalken.
"Die kalte Sophie"

Grand Prix d`Eurovision:
Kaum zu glauben: Gestern kam Corinna May ("Mäy" ← damit´s noch internationaler klingt) mit ihrem Hit " I can´t live without music" von 24 Nationen bloß auf Platz 22!
Die schlechteste Plazierung für Deutschland seit Menschengedenken.
Der Reporter gab sich so viel Mühe, die Enttäuschung nicht überhand nehmen zu lassen, und sich am Sieg der anderen mitzufreuen.

Solcherart, wie andere vielleicht eine Anzahlung leisten, leistete ich eine Übanzahlung für mich selber, da man alleinstehend, sonst wahrscheinlich gleich in Untüchtigkeit zu versinken droht?

Ich radelte zur Tankstelle, und auch diesmal sah ich den Herrn mit der weißen Mähfrisur (einer Frisur, die ausschaut, als sei sie gemäht worden), auf dem Gelände des Autohauses herumstehen.
Heute mußte ich über ihn, der mir auf seltsame Weise zuwider ist, nachsinnieren:
Daß es sich wahrscheinlich um einen ganz einsamen Frührentner handelt, der seine Zeit fast ausschließlich auf dem Gelände des Autohauses verbringt?

Direkt ein bißchen an mich auf dem Friedhof erinnernd, und die Autos, die da so leblos herumstehen, sind für ihn wahrscheinlich das, was für mich die Gräber sind?

Plötzlich rief er hinter meinem Rücken: "Huuuuhuu!" und auch ohne ihn anzusehen wußte ich, daß dieser Ruf mir galt. Doch ich ignorierte ihn, und bog schnell in die Glupe ab.

Es gibt so viel zu üben, doch wenn ich beispielsweise die Violinkonzerte von Korngold oder Elgar repetiere, bloß um sie nicht umsonst gelernt zu haben, dann tue ich ja praktisch etwas, was nicht Not täte, und veruntreue meine Zeit, die derzeit solcherart vor mir liegt, wie ein neuer Schreibblock von einem Schriftsteller ohne Inspiration.

Vom Fenster aus konnte ich sehen, daß "der Liebhaber" auf sein Auto "Böhse Onkelz" draufgeschrieben hat, und ich glaubte mich zu erinnern, daß der allwissende Ming mal darüber gesagt hat, das seien Nazis.

Ich stellte mir vor, *wie der Maulkorbbärtige um das Auto herumschleicht und sagt: "A-ha! So ist das also" und zeitgleich sitzt der Liebhaber oben bei der Ina und unterbreitet ihr seine neuesten politischen Ideologien.*

Und die Ina sagt vielleicht: "Ich find das so was an Scheiße! Aber echt!"←oder so.

Montag, 27. Mai

Sonnig

Die Zeitungen waren gefüllt mit dem Drama um Corinna May, die auf einem Foto so traurig ausschaute. Ralph Siegel, der „Songwriter", hatte gemeint, daß einfach alles beschissen war.
Die Eltern Helga und Günther, die doch am Bildschirm mitgebibbert haben, sind ganz traurig.
"Gott wollte nicht, daß ich gewinne!" sagte die Corinna weinend, "ich spür´s ganz deutlich!"
Heute kam sie wieder in Bremen an. Sie verschloss die Tür, stellte das Telefon ab, und will niemanden mehr sprechen.
Ein paar Kollegen kamen tröstend zu Wort, da die wieselflinke BILD-Zeitung immer alles im Auge zu behalten versucht.
"Kopf hoch. Das Leben geht weiter!" schrieb eine Kollegin geistlos.

Oben auf ihrem Balkon schimmerte Frau Priwitz.
"Wie geht es Ihnen?" frug ich so wie alle Tage.
"Bergab", meinte Frau Priwitz bekümmert.
"Es ist nimmer schön"
Doch auch ihr Bruder - jener mit dem Schlaganfall - lebt immer noch.
Natürlich hätte man Frau Priwitz etwas realistisch-tröstendes solcherart hinauf rufen können: "Jute Frau! Mit 90 Jahren darf man davon ausgehen, "es"

zum größten Teil geschafft zu haben! Blicken Sie nach vorne, und sie sehen die Ziellinie!"

Mir fiel auf, daß Frau Priwitz sagenhaft gut hört, und tatsächlich hatte sie mir vor nicht allzu langer Zeit einmal gesagt: "Man hört immer, im Alter würden die Sinne nachlassen, doch ich habe das Gefühl, noch nie im Leben so scharf gesehen und gehört zu haben wie grad jetzt!"

Abends rief ich die kleine Edith zu ihrem vierten Geburtstag an, da mich das kleine Mädchen so dauert, weil es dazu verdammt scheint, als Einzelkind inmitten Tabakqualms aufzuwachsen.

Doch nun beplauderte mich durch den Duschkopf ein vergnügtes kleines Töchterlein darüber, was es alles zum Geburtstag bekommen habe: z.B. ein Hupfseil.

"Hast du auch eines?" frug mich die Kleine neugierig.

"Ja, ich hab auch eines!" sagte ich und sandte die Gedanken in den Kofferraum, wo das Meinige liegt, das mir das süßeste und umsichtige Rehlein geschenkt hat, damit ich auf meinen Reisen auch mal hüpf´.

Um 23 Uhr schaute ich "Beckmann": mit Jürgen Möllemann der zur Antisemiten-Frage Stellung bezog. Am Anfang sagte er etwas despektierlich zum Beckmann:
"…von durchschnittlicher Bildung so wie Sie und ich…"

"Danke", sagte der Beckmann.
Doch soll man vielleicht meinen, er sei hochgebildet?
Zum Schluß kam Corinna May. Nach ihrer desaströsen Niederlage in Tallin wollte sie nicht kneifen.
Beim Reden verknödelte sie etwas irr den rotgeschminkten Mund.

Dienstag, 28. Mai

Zuerst feucht vernieselt.
Ab Spätnachmittg dann wunderschön

Leider fühlte ich mich sehr ungut: Halsweh, Augenbeschwerden und ein eruptiver Husten der regelrecht in der Lunge brannte.
Später kaufte ich in der Carolinenhof-Apotheke "Salz & Pfeffer" (köstliche Lutschbonbons) und einmal wurde ich von einem Beau mit pomadisiertem Haar leicht angerempelt und bekam einen Schwall kühlen Tabak ins Gesicht ab, so daß die Seniorin in mir schon kurz davorstand, sich zu entrüsten.

Der Einkauf auf dem Markt wurde eine Pein für mich, weil ich so entscheidungsschwach war. In Zeitlupe bewegte ich mich zwischen den verschiedenen Obstständen hin und her.
Hi und da kaufte ich eine Kleinigkeit, z.B. eine rote Paprika oder einen Radicchio-Salat und zum Auf-

peppen meiner Gesundheit kaufte ich mir eine Banane.

Nun hatte ich mich so auf meine Einsamkeit gefreut, doch die Einsamkeit hatte mich ganz krank gemacht.

Daheim fühlte ich mich so saftlos und kränklich, daß ich einfach nur so da saß, heißes Wasser trank und hoffte, dadurch verschwände mein grippales Leiden?

Schließlich verzog ich mich angezogen in Mings Bett, weil ich dachte: "Der Kranke gehört ins Bett!" auch wenn´s ein bißchen unschön ist, einsam krank zu sein.

Niemand da, der einem ein kleines Süppchen kocht, oder vielleicht ein aufmunterndes Wort macht.

Geschweige denn jemand, der einem Kasperletheater vorspielt wie in jungen Jahren.

Am Nachmittag wurde das Wetter plötzlich so wunderschön (leuchtende Abendsonne).

Meine Halsschmerzen verließen mich leider nicht, und mein Gehirn fühlte sich an wie ein verstopftes Klo, in welchem lauter durchweichte Klopapiere herumschwimmen. Auf jedem Einzelnen steht in verwaschener Schrift etwas Unsinniges, was man machen könnte - bloß macht man´s nicht!

Abends rief mich die Theresa aus New York an, und dadurch, daß ich ganz ausgehungert nach

Konversation war, wurde ein sehr nettes Gespräch draus.

Ich riet davon ab, Buzen auf dem Händi anzurufen, da Buz um diese Zeit meist im Konzert säße und man von einem 64-jährigen Herrn nicht erwarten kann, daß er daran denkt, sein Händi abzuschalten.

Abends fühlte ich mich eigentlich nicht viel anders als die 90-jährige Frau Priwitz.

Mittwoch, 29. Mai

Hi und da düstre Bewölkung.
Am Abend z.T. leuchtend sonnig,
doch dann regnete es bald wieder

Am Morgen war es mit meiner Gesundheit schon etwas besser geworden, auch wenn ich hin und wieder noch erschreckend krachend aufhustete.

Um elf Uhr wartete eine Lektion in der Zahnerhaltungskunde in der Praxis auf mich, und so radelte ich los.

Zunächst nahm ich im Wartezimmer Platz. Es saß bloß eine Dame mit gepirctem Nasenflügel da, und ich mußte gleich so furchterregend loshusten.

Normalerweise habe ich im Wartezimmer bloß geräuschvoll herumgeschnupft und wartete eigentlich immer darauf, daß jemand eine Bemerkung macht. ("Würden Sie vielleicht liebenswürdigerweise ein Taschentuch zur Hand nehmen?")

Und für diese untertönige Bemerkung, die jedoch eigentümlicherweise ausblieb, hatte ich mir bereits eine Antwort zurechtgelegt: "Sie werden lachen: Ich habe sonst nie Schnupfen. Immer bloß hier in diesem Wartezimmer. Es muß also seelisch bedingt sein. Und somit besitze ich auch kein Taschentuch."

Dann wurde ich in jenes Behandlungszimmer mit den Mackebildern an der Wand gebeten.

Ich schaute auf die 5-Mark-Stück große Glatze vom anderen Zahnarzt Herrn M. drauf, der in kaltes Weiß gezwängt auf unnahbare und unpersönliche Weise durch die Gänge eilte. Dieser Herr war der ewigen Bohrerei eines Tages überdrüssig geworden und hat sich nun auf „Dental beauty" spezialisiert. Etwas Positivem und Schönem: Er bepirct Teenies die Zähne, oder beklebt sie mit winzigen Diamanten. In vereinzelten Fällen tätowiert er vielleicht auch mal einen Herrennamen drauf: JUSTIN
(Eine Marktlücke!)

Später bediente mich dann die blonde, lattenartige Dame. Sie erklärte mir etwas über die Zahntaschen und bestocherte all meine Zahnzwischenräume mit einem etwas schlankeren Zahnzwischenraumausstocherungswedel, als jenem an meinem blauen Zwischenraumsbürstle, das ich extra als Hausübung mitgebracht hatte.

Am Tresen wurde ich dazu genötigt, mir eine neue, schlankere Zahnzwischenraumsauswedelungsbürste zu kaufen.

Herr M. stand beratend dabei, und hatte eine nicht ungute Wellenlänge in jenem Sinne, daß man sogar zu scherzen hätte anheben können, wenn da nicht diese Urangst des Menschen wäre, dem Arzt oder Professor Zeit zu stehlen.

"Ich nehme die Allergünschtigste!" sagte ich auf Schwabenart, weil z.Zt alles so schrecklich teuer ist, und ich nicht wirklich hinter dieser Anschaffung stehe.

Mittags rief die Li-Pi an um zu verkünden, daß der Nate heuer nicht nach Ostfriesland kommt: Er hat einen neuen Lehrer, und muß seine Technik wechseln.

"Das ist aber nicht gut!" rief ich betroffen aus, weil ich an die vielen Geschichten von Rehlein & Buz dachte.

Doch der neue Lehrer hat beschlossen, daß der Nate diesen Sommer dazu zu nutzen hat, sich von seinen schlechten Gewohnheiten zu befreien.

Li-Pis 79-jährige Mutti leidet an Alzheimer, und so muß die Li-Pi in Taiwan ihre Eltern hüten, während der Herr Sohn in Amerika seine Technik verbessert.

Ein großartiger Sommer steht bevor!

Dabei war das Verhältnis zu den Eltern doch mal so schlecht, daß man sieben Jahre lang kein Wort miteinander gesprochen hat.

Drum hat die Mutti auch Alzheimer bekommen, weil sie diese häßlichen Zeiten vergessen möchte, psychologisierte ich.

Allerdings kann sie noch alleine einkaufen gehen.

Leider bockte unser Faxgerät und zerknüllte das Fax mit der Geburtstagseinladung vom Christoph-Otto ziehharmonikaförmig.

Donnerstag, 30. Mai

Meist verhangen und feucht.
Einmal gab´s ein schreckliches Gewitter.
Abends wunderschöner Sonnenschein

Frühstück bei uns daheim mit Theda Adam:
Ich redete mich über meinen Vetter Friedel in Glut, der ein geeigneter Kandidat für Thedas Schwester Isabelle sein könnte, die mit ihren 40 Jahren die Hoffnung auf ein dauerhaftes Glück noch nicht begraben hat.
"Dann wären wir ja verwandt!" rief ich enthusiastisch aus, und es herrschte eine Verschwörerstimmung wie zur Jugendzeit.
Nur mit der Klassik habe die Isabelle leider nichts am Hut.
Blubb! Die schönen Pläne verwandelten sich in Seifenblasen die zu zerplatzen drohten, wenn einem nicht ganz schnell etwas einfällt, das dies verhindern möge...denn daß der Friedel eine Frau, die mit Klassik nichts am Hute hat ehelicht, konnte ich mir offengesprochen nicht vorstellen, da die Musik für den musikbegeisterten Friedel doch einfach zum

Leben gehört, wie für manch anderen sein täglich´ Brot!

Einmal hätten Theda und Isabelle auf eine Anzeige von einem Herrn geantwortet, der ein "Plappermäulchen" suchte. (Im Grunde albern!)

Doch das sich anschmiegende Treffen wurde ein Reinfall:

"Er läßt sich noch von Mutti die Wäsche waschen!" erzählte die Theda mit verdrehten Lippen, „und schaut beständig nur Fußball."

Ich konnte beiden Aspekten etwas Gutes abgewinnen.

Freitag, 31. Mai
Aurich – Bad Honnef

Unterschiedlich.
Mittags ein prasselnder Monsunregen.
Sonst oftmals sonnig

Am Vormittag rief der süße Ming an, und bei diesem Anruf wurde ich sehr vergnügt, weil es sich um einen Vorfreudenanruf handelte. Ich geriet in Schwung, und spaßte übermütig darüber, daß man den Anrufbeantworter so aggressiv besprechen könne wie Michael Kühn:

"Sie sind der 751. Anrufer heut. Verdammt noch mal!"

Beim Packen prasselte einmal ein Duschregen nieder.

Am Spätnachmittag in Bonn:
Besuch bei Heiner & Mel.

Der Heiner empfing mich mit dem neuesten Schrei auf dem Mark: Einer federleichten Videokamera, die er beständig auf mich gerichtet hielt.

Die Mel saß vor dem Bildschirm und wirkte nett und frühlingshaft gestimmt, während der kleine Fabian auf dem Boden lag und schlief. An einem Füßlein fehlte dem kleinen Schelm eine Socke, so daß man sich an dem appetitlichen kleinen Kinderfüßlein nicht sattsehen konnte.

Wieder erinnerte er mich an den jungen Ming, und als wir später beim Abendessen saßen, heulte er mal auf, doch es klang wundersamerweise ganz lieb.

Die Melanie bedeckte das zarte Bubengesicht über und über mit Küssen, und mich als Großkusine stimmte dies froh, weil sich der kleine Fabi dadurch vielleicht besser entwickelt, als habe man sich darauf geeinigt, in der Aufzucht auf Küsse und sonstige Gunstbezeugungen zu verzichten.

Bald darauf kam der Friedel mit dem Läptop, in welchem sich die Fotos seiner neuen Freundin Claudia befanden, die er uns nun vorzuführen gedachte: Einer undurchschaubaren geheimnisvollen Blonden wie aus einem Film nach Agatha Christie.

Man hörte, wie der Heiner draußen fast anbiedernd zu einem Herrn sagte: "Willst du ´n Kölsch?"

"Oh, hoffentlich nicht wieder dieser langweilige Herr mit dem Zwirbelbart!" stöhnte ich innerlich - doch es handelte sich um einen weißhaarigen, zirka 56-jährigen Herrn mit einem süßen älteren Schäferhund, der so wachsam die Ohren auftrichterte, und hinzu einen ganz ernsten Ausdruck annahm, als er in die Wohnung trat.

Der lose veranlagte Herr tippte gleich unverhohlen drauf, daß ich Friedels neue Flamme sei.

Später politisierten sich die beiden Herren an, und über Michel Friedmann sagte der lose stimmende Biertischtyp auf rheinische Biertischart: "Das ist das größte Aaaaaa- Pünktchen, Pünktchen, Pünktchen, das ich kenne!"

Worte, die direkt unappetitlich ins Ohr stiegen.

Dann griff er zu seinem Biere und prostete uns auf Art eines reifen Proleten zu.

Personenregister

Abel, Heidi, (*1976) einzige Schülerin Buzens aus seinem sog. „Mini-Lehrauftrag" in Bremen
Adam, Theda, (*1964) Anwaltsgattin in Emden mit der ich mich befreundet habe
Ajax, alternder Hund in einer Gaststätte auf der Rosalia einem Berg hinter unserem Ofenbacher Heim
Andi, (*1949) Onkel mütterlicherseits in Blankenfelde
Andreas, Herr und Frau, (Heinrich *um 1922, Elisabeth *1926) betagtes Ehepaar in Grebenstein
Atta, Mohamed, (*1968) Attentäter
Backe, Insa, (*1966) bezaubernde junge Dame in Ostfriesland
Baumfalk, Familie in Aurich
Bea (Beätchen), (*1943) Tante mütterlicherseits in Kalifornien
Beppino, (*1969) Sohn von Buzens Schwester Uta in Rom
Böhmert, Opas Jünger. Ein leidenschaftlicher Brieffreund, der sich von alleine angesammelt hatte – wobei die Freundschaft eher einseitig war, da der Opa kein großes Interesse an ihm zeigte. (Geburtsjahr unbekannt)
Brigitte H., (*um 1944) Frau in Ofenbach
Buz, (*1938) unser Vater
Carlo, (*1963) ältester Sohn von Buzens Schwester Uta in Rom
Christa, (*1946) Frau von unserem Onkel Hartmut in Münster
Christiane, (*1965) lebenslustige und unbekümmerte Frau und Mutti in Aurich
Christoph-Otto, (*1965) Stadtmusikant von Aurich (Ein musikalischer „Hans-Dampf-in-allen- Gassen"
Cornelie, (*um 1978) Tochter eines Ehepaares in Aurich
Daaje, (*1994) älteste Tochter von Mings Exe gerswind

David (Dave), (*1981) Sohn von unserem Onkel Dölein in Amerika
Del Banco, Pfarrer, Geistlicher und Musikant in Aurich (Geburtsjahr unbekannt)
Derks, Heino, Pastor in Norden (Geburtsjahr unbekannt)
Dölein, (*1936) Onkel mütterlicherseits in Amerika
Eberhard, (*1947) Onkel väterlicherseits in Berlin
Edelgart, (*1944) Frau in Aurich
Edith, (*1942) Nachbarin in Grebenstein
Edith, die kleine (*1998) Töchterchen von meinem Gitarristen, Herrn Gaßmann
Evi, (*1995) Töchterchen von unserer Freundin Christiane
Fabian, (*2001) jüngster Sohn von unserem Vetter Heiner in Bonn
Feli, (*1996) Töchterchen von meiner Freundin Ute B. in Rottweil
Frauke F., (*1942) Konzertmeisterin im Ostfriesischen Kammerorchester
Friedel, (*1962) unser Lieblingsvetter
Fritzi, (*1970) Ehemann von Mings Exe Gerswind
Fischer, Rolf, Flötenbläser. Geburtsjahr unbekannt
George, (*1935) Ehemann von Mings Exe Insa
Gerhard, (*1978) Sohn von unserem Onkel Hartmut
Gerswind, (*1964) Mings Exe
Gesine, (*1996) zweite Tochter von Mings Exe Gerswind
Giquel, Frau, (*1935) alte Freundin aus jungen Jahren von Rehlein und Buz
Gloria, (*1977) koreanische Studentin Buzens
Guntram, (*1962) loser Bekannter in Berlin
Ha-He, (*1938) Freund des Hauses in Ostfriesland
Hartl, Frau, (*1956) Nachbarin in Ofenbach
Hartmut, (*1945) Onkel väterlicherseits in Münster
Han-Lin, (*1974) Studentin Buzens
Hans, (*1933) Ehemann von unserer Freundin Edith in Grebenstein
Heiko, (*1961) lieber Freund in Aurich
Heiner, (*1962) Sohn von unserem Onkel Rainer

Hendrik, (*1994) Klavierschüler Buzens in Aurich
Herwig, (*1963) Cellist aus Wien
Hilde, (*1964) Exe Buzens
Ina, (*1982) hübsches junges Fräulein von gegenüber (in Aurich)
Insa, (*1965) Jugendliebe Mings
Irina O., (*1969) Pianistin aus Groningen. Verehrerin Buzens
Irma, (*1937) Rehleins angeheiratete Tante in Kiel
Isabelle, (*1961) geschiedene Dame in Emden
Jakob, (*2000) Söhnchen von unserem Freund Guntram
Joachim, (*1953) mein Gitarrist
Johann, (*1964) Familienvater in Aurich
Johannes, (*1993) Söhnchen von unserem Freund Heiko in Aurich. Mein Patenkind
Julie, (*1980) Tochter von Onkel Dölein
Kebap, Prof., (*1953) Musikgeschichtsprofessor in Trossingen
Kionczyk, Frau, (*1919) Mutter von unserer Nachbarin Edith in Grebenstein
Kläuschen, (*1934) dritter Ehemann von unserer angeheirateten Extante Antje in Bonn
Kremer, Gidon, (*1947) weltbekannter Violinist
Kühn, Michael, Dirigent (Geburtsjahr unbeekannt)
Kumpfert, Hans, Gitarrist (Geburtsjahr unbekannt)
Linda(lein), (*1973) älteste Tochter von unserer Tante Bea in Kalifornien
Li-Pi, (*1953) taiwanesische Pianistin aus New York
Lisel, (*1932) Frau von unserem Onkel Andi in Blankenfelde
Li Tai Xiang, berühmter Pop-Komponist in Taiwan. Ehemaliger zweiter Geiger in Buz und Rehleins Streichquartett
Lohse, Frau, Nachbarin von unserem Onkel Andi in Blankenfelde (Geburtsjahr unbekannt)
Luthardt, Dr., Omis Hausarzt. Geburtsjahr unbekannt
Maria, (*1960) griechische Ehefrau von unserem Freund Guntram

Matthias, der kleine, (*1980) einer meiner wenigen Schüler aus Trossinger Zeiten
May, Corinna, (*1970) Gesangswunder aus Bremen
Mel(anie), (*1966) Frau von unserem Vetter Heiner
Meyer, Frau, (*1935) unsere Zugehfrau in Aurich
Ming, (*1964) mein Bruder
Mitschka, uralte, mit Sicherheit lang verstorbene Freundesgattin vom Opa
Mobbl, Omi, (1910 - 1999) Omi mütterlicherseits
Münch, Frau, (*1943) meine Sekretärin
Nate, (*1983) Sohn von unserer Freundin Li-Pi in New York
Nicole, (*1971) Studentin Buzens
Nicoletta, (*1972) zweite Frau eines Professors in Trossingen
Olthoff, Gerda, (*1942) Mings ehemalige uneheliche Schwiemu. Eine Frau, die es in diesem Sinne nicht mehr gibt, da sie nämlich einen Nachbarn aus Lettland heiratete, und mit ihm in den Süden zog. Doch dieser Nachbar starb
Omi Ella, (*1913) Oma väterlicherseits
Opa, (1909 – 2002) Opa mütterlicherseits
Paul, (*1992) geigenspielender Sohn von unserem Freund Guntram
Poppi(nger), befreundetes Ehepaar in Ofenbach (Gerhard *1943 und Renate *1959)
Priwitz, Frau, (*1911) Nachbarin in Aurich
Rautenberg, Frau, (*1920) Nachbarin in Aurich
Rehbock, Herr, älterer Konzertbesucher in Ostfriesland. Geburtsjahr unbekannt
Reimich, Frau, (*1958) Reinmachefee in Grebenstein
Ric, (*1945) Exmann von unserer Tante Bea in Kalifornien
Rosalie, (*1999) zweite Tochter von meiner Freundin Ute B. in Rottweil
Rose, Familie, befreundete Familie in Grebenstein (Dietrich *1932, Ilse *1938, Barbara *1966 und Doro *1967)
Roswitha, junge Mutti in Aurich. Geburtsjahr unbekannt

Ruth L., (*um 1958) Glühende Verehrerin Buzens
Saathoff, Frau, (*1934) ehemalige Musikschulsekretärin in Aurich
Schmidt, Enno, Klavierlehrerinnengatte in Ostfriesland (Geburtsjahr unbekannt)
Schröders, Familie die neben der Omi im gleichen Hause wohnt.
Schütz, mit Sicherheit lang verstorbene Eheleute aus Opas Bekanntenkreis in der Blüte seiner Jahre
Seibold, Herr aus Ostfriesland (Geburtsjahr unbekannt)
Sprongl, Rosa, (1906 – 2000) Komponistengattin, später Komponistenwitwe
Susanne, (*1983) Tochter von unserem Onkel Hartmut
Swaantje, Stieftochter von Herrn Seibold (Geburtsjahr unbekannt)
Teresa, (*2002) Töchterlein von unserem Vetter Carlo in Italien
Theresa, (*1968) Studentin Buzens, die später nach New York auswanderte
Ulrike, (*1973) gelegentliche Besucherin aus der Ferne in Ofenbach
Uszkureitis, Gerda, (*1942) Mings ehemalige uneheliche Schwiegermutter
Uta, (*1936) Tante väterlicherseits in Rom
Uta, (*1985) junges Fräulein aus Erlach bei Ofenbach
Ute B., (*1966) Freundin aus Rottweil. Ehem. Studentin Buzens
Wachtenberg, Frau, (*1952) lose Freundin im Schwabenland
Wader, Familie mit erwachsener Tochter in Ostfriesland (Armin*1934, Hannelore *1947 und Cornelie (*1978)
Wyss, Frau, (*1940) Omis Helferin in Grebenstein
Vitzthums, Eheleute in Ofenbach (Georg *1936 und Cornelia *1947)
Yossi, (*1947) Spezi Buzens. Bratscher

…..und weiter geht´s im nächsten Band!

Erscheint am 10. Mai 2021